寫作課的未完成式

早晨，銀幕，敲，敲，敲敲打打。
深夜，書本文字，讀著，唸著，溫聲細語，很輕很輕。
用最小最小的聲音，將日常瑣碎拼貼成故事，說給你聽。
總有那麼一瞬間，發現自己好似隱形地走在路上，孤身一人坐在快餐店
吃著溫溫的便當，牆上的電視傳來誇張的主播報著無關痛癢的新聞。
其實不特別難過，也不特別開心，好像也不會再有別的什麼了。

突然，一陣陣聲音傳進你的耳朵，好小好細，幾乎快聽不見了。
再仔細聽聽。
故事，已經開始了。

靈感最好的某些時刻

喝完一杯會心悸的咖啡後。 ————————————————

洗澡時。 ————————————————————

拖地時。 ——————————————————————

極度飢餓時。 ————————————————————

喝了 1 / 3 紅酒時。 ——————————————————

快睡著前的五分鐘（只能記下點狀靈感）。 ——————

夢醒時分。 ————————————————————————

下雨天，溼度 80 以上。 ——————————————

連續七天都是晴天時。 ————————————————

「我把故事設置在一個自己很感興趣的情節裡，然後用
語言探索它的可能性。我寫一個故事的開場通常是一個
意象或一段對話，我知道這之後隱藏著更深的含義。我
會寫很多段落，直到找到一段配得上這個場景的。當然，
這會花很長的時間。」

—— Claire Keegan（愛爾蘭短篇小說家）

三隻狗已經趴下，另外四隻狗依然坐得直挺挺的。她牽著七隻狗停在路
中間，已經好一陣時間了。三首歌，她想。她聽他唱了三首歌。她想買
他腳邊那張五歐元的 CD，但她擔心一旦走近他，這些狗會太過熱情撲
向他，他的吉他會倒，他的歌聲會終止。

一隻狗突然站起來往前衝，所有的狗也都站起來了。前方有一隻黑色的
捲毛狗對著他們搖尾巴。她得走了，本來就不該把狗帶來人行步道區。
她將牽繩收短握緊，低聲下令，轉過身時，他的歌聲停了。
她回頭望向他。

一個小女孩遞給他一個銅板，他給女孩一張 CD。
她瞥見櫥窗玻璃倒映出自己牽著七隻狗的樣子，想為牠拍一張照。

他長時間在街上走著，尋找很多在城市裡被遺落的角落。一回到家，就
把口袋裡滿滿的靈感紙片一把丟到桌上。他很少去整理，很少重看。他
知道終究會用這些東西寫點什麼，可能是詩，或歌詞，或是一些他自己
都不能理解的對白。

她在他的桌前坐下，把一張張大小不一的紙片攤平疊好，一張張看著。
看了一整個晚上，他們一起吃完早餐，她又看到中午。他們走到他家樓
下的咖啡店，一人點了一份三明治。她吃第一口的時候就開口問他，我
能不能用那些小紙片寫一個小說。直到三明治都吃完了，剩下最後一口
咖啡時他才回答她。

談一些真實的事：

那些因為很真而很好地記下來的細節，與那些因為被很好地記下來所
以看起來很真的細節，只不過是一線之隔。為了要好好的紀錄，就得活
得很真，讓每一刻都值得被記得很好。或是為了能很真的活著，就得好
好記下，讓每一刻都很真。（這是卡爾維諾式的啟發。）

她好不容易等到自己夠大，可以穿下那件小白紗裙。那天要拍全家福，
她一穿上，全身好像螞蟻在爬，她忍著不說，又不敢抓，坐在椅子上輕
輕扭著，隔著椅背搔癢，一雙小腿緊緊交疊著。攝影師請她站到爸媽身
後。笑，喀擦。

後來，每當她看見那張照片時，都覺得自己的笑在發癢，甚至身體的某
處，都在微微騷動，第四隻腳趾頭的尖端、右掌心靠近手腕的下方、頭
皮裡某一顆超級迷你的毛囊……。照片留住當下的感官資訊太過豐富，
我們無法與任何人分享。

「好像是不得不寫所以開始寫的吧。也總是有寫不出來的時刻，那時我就會跟十歲或是五十歲的我對話。感覺就像對著鏡子說話，卻怎麼樣都只看到自己的後腦勺。不過，這大概就是我的寫作。有時回頭追著小一點的自己跑，有時往前追著大一點的自己。旁邊還會有些路人們。不過無論多緊急，他們也都沒有理由停下來和你對望，耐著性子陪你說話。只好自己一直跑了。寫作是很孤獨的。『孤獨是自生自長的，你找不到孤獨，是你創造了它。』這是杜拉斯說的。」

他的房間不大，剛好一張床一張桌子一個衣櫃。窗戶很大，掛著一片乳
白透明的窗簾，風一吹，窗簾飛起來掃過快一半的房間。

這窗簾不遮光呢。她說。
所以我是不用鬧鐘的。他說。

他在書桌前坐下，拿起地上的吉他開始哼歌。她起先靠著床坐在地上，坐著坐著，就坐到床上去了。風陣陣吹，午後的陽光不夠暖，她覺得冷。把腳鑽進被子裡，歪靠著牆。他繼續唱著，沒有看她。她閉眼聽著，腳趾在被子裡斷斷續續打拍子。不知過了多久，她睡著了。他大概唱了五六首歌。

他放下吉他，小心關上窗戶。幫她把被子從腰際拉到脖子。

他在床邊安靜坐了好一會，慢慢躺下，轉向她，隔著被子輕輕抱住她，閉上眼睛。

有一年暑假，我跟著我的姑姑過。那時她懷孕，有一點點肚子，每天早上給我吃起司加果醬，自己卻什麼也不吃。她有很多充滿奇怪照片的雜誌，我喜歡翻，然後問她很多問題。這個人為什麼會被大象捲著？這個人在看哪裡？他們為什麼不穿衣服？他們是誰？在說什麼？

她從不好好回答我，就像她對所有事情都漫不經心那樣。如果心情好，她就會拿著某張照片跟我說故事，一個完整的故事。有時我覺得不對，故事不應該是這樣，應該是那樣。我會問更多問題，她就會用更多問題反問我，讓我不得不練習用零碎的詞彙建構出自己的故事。

她帶我一起上咖啡館，自己點一杯愛爾蘭咖啡，點可樂給我，我們合吃一個三明治。她會先咬一口，然後讓我把剩下的都吃掉。其實我不是那麼樂意，因為她的口紅會沾到麵包，有一股塑膠花的味道。我覺得很噁心，但很喜歡看姑姑上口紅，她出門前都會仔細塗著自己的嘴。長大後我很少再看見她，每當我看見印在杯緣上的唇印時，都會想到她。她看著我吃三明治一副好像快睡著的臉，總是看起來很累。

她是第一個在我生命裡只出現一下下，卻影響我很深的人。

「野蠻和忠誠是一切的準則。這是我中學時在街頭學來的,我現在覺得這標準是用於一切做人、生活,還有創作。我從小不聽話,卻也不怎麼惹麻煩,就是一直照著自己的意願長大。起先身邊都是跟我一樣的人,不知怎麼了,有一刻突然發現只剩下我。那種感覺蠻奇怪的,不過很快也就適應了。我從沒離開過這裡,每天去一樣的超市買東西,一樣的餐廳點一樣的東西吃,但我一直在唱歌,唱不一樣的歌給不一樣的人聽。突然發現,這種忠誠的行為其實好野蠻。」

—

學習刪除多餘的文字

~~她很難過，但不想在他面前掉眼淚。她轉頭對著窗戶，窗戶的玻璃有一層霧氣。她其實什麼也看不見，但是又不敢動，一動就會哭了。他走到她身邊，並肩看她，擦掉對著窗。~~

「只要妳願意，可以改變一切。就像這樣手輕輕一抹，霧氣就擦掉了。」

~~她看到窗外對街走過一個小男孩，像一個小福，他擦掉，她看到他的影子，然後就忘記哭了。~~

場景：公園
時間：中午

女生：你很像把我一年中的某個季節偷走了。
男生：不是偷，是換。
女生：換了什麼？
男生：我把我的夏天跟妳的冬天交換了。
女生：所以我整年都是初夏。
男生：還有春天和秋天呢？
女生：大概也被換走了。

故事該叫什麼名字：

整年都是初夏。
偷夏天的女生。
發癢的紗洋裝。
愛最初的黏性物質。
晴光白雨。
擁抱後記得牽手。
溫聲細語。

人物叫什麼名字：

？ ？ ？ ？

「如果把長篇小說比作一幅複雜精細的文藝復興時期的
畫作，短篇小說就是印象派繪畫。它應當是真實地迸發。
它的力量在於，略去的東西，要不是很多的話，正好和
它放進去的等量。它與對無意義的全然排斥有關。從另
一方面來講，生活，絕大多數是無意義的。長篇小說模
仿生活，短篇小說是骨感的，不能東拉西扯。它是濃縮
的藝術。」

—— William Trevor（愛爾蘭短篇小說家）

場景：理髮店
時間：早晨

理髮師：今天兩位想要剪什麼樣的髮型？
女生：幫我把頭髮剪到耳下三公分，不要有劉海。
理髮師：那會蠻呆板的喔。
女生：那是我十三歲時的樣子。
理髮師：那這位男士呢？
男生：幫我剃光吧。我死的時候應該全掉光了。
（兩人透過鏡子對看彼此）

燈暗。

液態陽光

我從來沒有見過我爸爸，但我認識他。

媽媽教我說話的時候，先教我叫媽媽，然後再教我叫爸爸。搞不清楚差別的我，叫起來也聽不出差別。在我還未開口問關於爸爸這件事，媽媽就告訴我，爸爸住在很遠很遠的地方，所以我們看不見他。

他為什麼不跟我們住？我問。
因為我們女生住在一起才能說故事啊。媽媽說。

媽媽常常說故事，而且都跟爸爸有關。那也不算故事，是許多生活的瑣碎片段，因為實在太過日常，那些細節就自然在我心裡風化成爸爸的形狀。

媽媽說，有次她和爸爸在路上，遇見一個中年男子，胸口掛了一個小盒子，裡面有幾隻玻璃瓶裝的牛奶。男子遞了兩瓶牛奶給他們，媽媽以為他要推銷，就微笑示意拒絕。男子說，這些是今天賣不掉的新鮮牛奶，時間晚了，送給你們吧。爸爸看了一眼那些牛奶，男子說，剩下四瓶都給你們。

這一瓶原本多少錢？爸爸問。

一瓶六十元，是南部小酪農自產自銷。男子說。

爸爸掏出了三百塊說四瓶全買了。

男子開心地道謝，找了錢後將四瓶牛奶遞給爸爸。

爸爸先開了一瓶給媽媽，又開了一瓶給自己，再拿走一瓶。

剩下這瓶我請你，我們喝不完呢！爸爸說。

媽媽說，那是她記憶中最香的牛奶。

那我在哪呢？我問

很遠很遠的地方。媽媽說。

我慢慢發現，媽媽的很遠跟我的很遠概念上不太一樣，我只好停止詢問空間的問題，改問時間。

媽媽喜歡下雨天，但她不喜歡撐傘。小時候我有很多漂亮的雨衣，不是廉價的塑膠雨衣，是色彩鮮艷像小外套的那種。媽媽自己也有很多款式，有些是跟我一模一樣的。我們的雨衣整齊披掛在鞋櫃旁，每到下雨時，媽媽會哼著歌站在雨衣前選很久，希望我倆穿得很相配。

媽媽說，每次下雨爸爸都會很高興，有時還會瘋瘋顛顛跑去淋雨，妳爸爸說，雨是液態陽光。媽媽講完自己都會笑，像曬了一整天太陽那樣心滿意足。

那時我多大？我問。

三個月吧。媽媽說。

原來我見過爸爸呢。

「妳爸爸應該有禿頭。」
我大笑，你很會開這種低俗又討喜的玩笑。

即使我從沒看過我的爸爸，我在學校還是可以跟同學一起聊爸爸。我把
媽媽告訴我的東西加油添醋，套用在我和媽媽的週末行程裡。媽媽的故
事都沒有白說，我也變成一個會說故事的人。直到後來一個同學拆穿了
我的故事，我被歸為特殊家庭的孩子。因為特殊家庭環境，所以善於說
故事的壞習慣就這麼被合理地包容下來，甚至刺激大家開始對我釋放過
度的同情與關心。私底下他們說我愛說謊，我其實一直都不明白說故事
和說謊的差別在哪。我沒有告訴媽媽學校發生了什麼，她繼續跟我說著
關於爸爸的小故事，我用心聽著想努力記清楚，不再過問我與那些故事
的時空關係。

「妳不會想見妳爸爸嗎？」
我又笑，你真的很適合問這種平凡到有點傻氣的問題。

等我長到看的故事遠遠多於媽媽跟我說的故事後，我才知道爸爸沒有住
在很遠很遠的地方。他跟我生活在同一個城市，不知多久會跟媽媽見一
面，每個月給我們的錢會遠遠多於我們需要的。媽媽從來沒讓我見過他，
是有一天，他突然出現在我面前，帶我去了很高級的餐廳吃飯，說慶祝

我二十歲生日，說他是我爸爸。

那天下了一點小雨，他用很大的雨傘和很高級的轎車送我回家，我們一滴雨都沒有淋到。

「他沒有禿頭。」我說。

換你笑了，「他一定沒有禿頭，而且應該蠻帥的。」

「你怎麼不問我們聊了什麼？」我說。

「因為我不太喜歡這故事最後父女相見，想像有點破滅了。」你說。

我們沒有聊很多，我偷偷把眼前這活生生的人和心裡風化的爸爸試著結合起來。我跟他說了一個故事：那天生意不太好，我站在我的小摩托車櫃前發呆，六點了我的甜點都還沒有賣光，而且開始下雨了。當我正打算把點心送給路過的人時，有一個人從雨中緩緩走來問有沒有賣咖啡。我說，只有甜點。他看了很久後要了一個蘋果肉桂塔。我說這些賣不完都送你吧，還有布朗尼和香蕉蛋糕和……。結果那個人有點不耐煩地打斷我，堅持買下所有剩下的甜點，然後突然變回笑嘻嘻的臉說，妳也選一個，我請妳。

「這故事……蠻香的。」你說。

「因為你最愛的蘋果肉桂塔快要烤好了！」我說。

好看

我跟他第一次過生日時，從衣櫃挖出一件最像樣的連身洋裝，但是灰色的。所以我想試著搭配一雙粉紅色鑲鑽的平底娃娃鞋，在鏡子前照了半天，卻怎麼樣都只看到自己腳背上的青筋。最後我換回常穿的黑色平底鞋，稍微用濕布擦了一下。他穿得跟平常沒什麼兩樣，只是架上一個黑框眼鏡，隨意加了一條圍巾，我就會不好意思看他。

我們吃了一頓接近我一整個月伙食費的牛排。吃完後，餐廳的經理拿出一台拍立得，在我吹蠟燭之前拍了一張我們的合照。那件連身洋裝領口非常低而且貼身，可是我沒什麼胸部，所以遠看像是一個穿著灰色緊身衣的芭蕾舞者，額頭掉下幾根沒梳好的瀏海。他看起來非常完美地看著鏡頭。

我們剛在一起沒多久，他說喜歡看我永遠穿得那麼舒服實用。實用。我重複了這兩個字。很多女生穿衣服的方式是她們認為「別人會覺得漂亮」的穿著方式，他說。我想了一下，覺得應該剛好相反，因為我覺得很多人穿得很難看，卻都自信滿滿。很顯然，我們在這份概念上有些落差。所以當他開口說：過生日穿漂亮一點。我有點緊張，不知道是該自己覺得漂亮，還是別人要覺得我漂亮。

我不醜，長得算好看。從小在路上，阿姨叔叔看到我會問長大要不要去選中國小姐。只是不知道為什麼，從小我對於身上附加的漂亮東西都感到不自在。我從國小二年級開始就不穿裙子，制服裙裡永遠會穿著運動短褲。上了國中有髮禁，頭髮就越剪越短，最後頂著一顆男生頭進了大學。我不是想讓自己看起來像個男孩子，只是不想要人家第一眼就看見我。等他們真正看見我的時候，一定是看見了我的臉，然後會對著我的眼睛說話。到那個時候，我也會很樂意對著他們的眼睛說話。我習慣每天起床十分鐘就可以出門，除了刷牙我不會照鏡子。上大學我開始留回長髮，因為當大部分女生都留著長髮時，我的短髮配上我高瘦的身材就會變得太過顯眼，而且這樣就不用每個月剪一次頭髮。

我跟他第二次過生日時，原本出差的他意外出現在我家，我穿著睡衣戴著厚厚的眼鏡吹蠟燭時，他幫我照了一張照片。我說我們自拍一張合照，他說等一下再拍。我拿出去年的生日照片，比比看有什麼改變，我覺得做這種事很有趣。他說我今年的笑容比較好看，我說是睡衣的緣故。他以為我在開玩笑，我就跟他說了一個想法。

有一個醜女生把自己偽裝成一個醜女生，這樣大家就會以為是一個偽裝成醜女生的漂亮女生。然後就會有一個人愛上她。
什麼人？
一個自以為喜歡內在美的那種人。

然後？

她再脫掉偽裝，讓他看見醜女生裡面還是一個醜女生。

然後？

那個人就會覺得驚訝啊。

他就趕快逃走。

不會。那會讓人覺得他是一個虛偽的人，而這種自以為喜歡內在美的人最怕被說虛偽。

那怎麼辦？

來不及了，只好繼續愛下去。

醜女生就會以為自己找到真愛了。

是啊。

我們都覺得這個想法很好笑，我原本笑得很開心，直到我走去上廁所想到都還在笑。回來時，他說我走路怎麼那麼大聲。我想到前幾天我們吃豆花時，他也說我為什麼吃東西都那麼大聲。我說，我不知道，第一次有人這樣告訴我。我站在客廳中間，想著要回去跟他一起坐沙發還是假裝去倒水，最後我選擇坐到床上，把吃到一半的蛋糕拿過來繼續吃。他說，不要坐在床上吃東西。我繼續吃沒有理他。他又說，會弄得到處都是。我把剩下的蛋糕一口吞下去。來不及了，我說。我以為他會生氣，但他沒有，可是我很生氣，他不知道。我的第二年生日就這樣過完了，沒有留下合照。

接下來的這一年，我開始打扮自己。買很多衣服，常逛街，但往往敗興而歸，覺得所有穿在別人身上好看的衣服在我身上都會變不好看。當我整理衣櫃時發現，其實這些新買的衣服跟我原本的並沒有太大差別，就像我雖然常染頭髮，但如果不說根本也沒有人會發現。我感到挫折，覺得自己只不過努力在原地用力轉了一圈，在地上磨出一個凹槽站得更穩。意外的是，他說我變漂亮了。我沒有承認。

我沒有承認的原因是，我發現在這兩年裡，我總是對他下了許多錯誤的結論。譬如，當我覺得他會生氣時，他其實根本沒放在心上。當我覺得他其實沒有很想見我時，他卻傳簡訊說想念我。當我以為我們開彼此玩笑，開得很開心時，他會突然開始不說話。我從來沒有確認這些落差的原因，但當他說中了我的什麼狀態或想法時，我決定否認。朋友賭我們快分手了，我告訴他們，這只是一種過程，大家都應該要經歷，不用大驚小怪。我這一年花了很多精神讓自己變得更漂亮，多了很多無法應付或理解的好奇與善意，我常常回到家對著鏡子把口紅和睫毛膏弄花滿臉，看個幾秒，再拿化妝棉慢慢卸去。

第三年過生日時，我穿了一件質感很好的長裙，畫了淡妝，頭髮自然披著。他說我很漂亮，我笑著說謝謝。他穿著簡單的襯衫和牛仔褲，一看就知道是根本沒有想過要穿什麼。我們選了一家中等價位的義大利餐廳，開了一支紅酒，幾乎都被我喝掉。我們聊起去年的生日，說起那個偽裝醜女人的笑話。他說應該有新的版本。

譬如？

一個漂亮女生把自己偽裝成一個醜女生，會遇到一個人愛上她。

那種自以為喜歡內在美的人。

然後她脫掉偽裝，讓他發現自己原來是一個漂亮的女生。

他會覺得很開心。

不會，因為他開始擔心自己不是一個漂亮的男生會配不上她。

然後？

他也開始把自己偽裝成一個醜男生。

然後漂亮的女生為了配上醜男生，只好再把自己偽裝回醜女生。

對。

這是醜人的愛情故事。

不是真的醜，只是很會偽裝。

偽裝了一件其實沒有那麼重要的事。

而我們卻討論了兩個生日。

說完後我們笑個不停，把最後一點紅酒乾掉，請服務生幫我們拍一張合照。他勾著我的肩，我們都對著鏡頭自然地笑，兩個人看起來，其實都很好看。

我要結婚的那一年

那一年，我要結婚了。

當我還小的時候，喜歡跟隔壁的鄰居姊姊玩扮新娘子的遊戲。姊姊比我大幾歲，每次都是她當新娘，我當花童。我們會先拿著塑膠袋去後山撿掉落的花瓣，撿不夠就找乾樹葉，她告訴我不可以直接摘新鮮的花，否則將來會嫁不出去。我看著塑膠袋裡那些濕濕醜醜的爛花瓣和枯黃的葉子，覺得婚禮一點都不浪漫。

我從沒吵過要當新娘。有次姊姊從她媽媽的衣櫃裡拿出一件白色細肩帶的緞面長裙，那是我第一次看見白得會發亮的衣服，摸起來冰冰軟軟的。我想如果我當新娘應該就要穿成這樣漂亮，我不知道那其實是她媽媽的睡衣，因為我們家的睡衣全是穿舊的爛 T-Shirt。

我總是盡責地把那些爛花瓣和枯葉往她頭上撒，但因為我個子矮，最後變成都往她臉上丟。她張嘴的時候不小心吃到一片帶泥的花瓣，吐了一口，衣服一扯說不玩了。

新郎都還沒進場。我說。

不用新郎，這是我自己的婚禮。她說。

可能從小玩膩了，我沒有像一般女孩一樣期待自己的婚禮。而且當我偷穿上那件白得發亮的緞面長裙時，胸口低得幾乎露出了我的肚臍，一點都不美。

所以如果不是媽媽的期望，我可能一輩子也無法和一個「那樣的新郎」講完一句話。結果我就要跟他結婚了。

裝修新房子的時候，我完全沒有想要參與的念頭。我一有時間就在家打包，我把書櫃裡的書全都拿出來放在地上，按照種類與喜好重新分類，還沒看過的和最喜歡的作家分為 A 類，其他經典分為 B 類，無法捨棄的工具書分為 C 類，因為考量或許沒有足夠的書櫃空間，也忍痛整理了兩大箱送給二手書店。分成三落的書鋪滿了整個臥房的地板，我遲遲沒有裝箱，小心踮著腳尖穿梭在一落落書之間上下床，睡前隨意從 A 類抽取一本書，直到感到一股安心包覆後才能勉強睡去。

那陣子睡得都不太好，媽媽覺得是房間太亂的關係，催促我趕快把東西打包好，該裝的裝該丟的丟，婚禮還有更重要的事得忙。我每天醒來，看著鋪了滿地的書，心中都有一種想要將婚禮永遠推遲的念頭。那些是

所有累積成「我」的碎片，我坐在床上用一種透視的眼光鳥瞰這些碎片，
第一次發現自己是「某種整體」的感覺。

那一天，我未來的婆婆來家裡討論事情，我端著湯從廚房走出來時，看
見她走向我的房門，啪嗒一下把燈開了，我聽見她說：
「啊呀，這麼多書，得找個大一點的倉庫放起來才是。」
我快速把湯放下，確定沒有灑出一滴湯汁後才開口說：
「不是說有書房嗎？」
「書房不要了，弄成衣帽間，可以放好幾個大櫃子。我請木工做了一個
小的書櫃和化妝台一體成型。給妳放平常看的就好。」
「那書桌呢？」
「有個化妝台啊。」
我走進廚房拿湯勺避開我媽。我知道她在看著我，但我不敢看她。

那樣的新郎在接下來的一個月，跟我說了比我們認識三年都還多的話。
那時我才真的發現，他辦事的果決與執行能力是他最大的優點。我告訴
他，像你這樣的人，我不會再遇見第二個了。這句話說得像在罵他，其
實不是。當我正思索該如何解釋時，他也開口說：
「像妳這樣的人，我遇見一次就夠了。」
這句話聽起來也像在罵我，但我知道不是。這是交往三年來，我第一次

覺得他聽懂我說的話，也是第一次覺得他說了一句打從心裡想說的話。因為這第一次發生的實在太遲，所以我們都明白不會再有第二次了。

書全拿下來後，才發現原本書櫃的層板都變形了，我花了大概一個月的薪水請木工訂做了層版加厚的幾座書架牆。那陣子地上分類好的書又再次被打亂，只好重新分一次，結果分得竟然跟之前有些不同，還意外地又多整理出兩箱可以捐贈的書籍。新書櫃裡還有一些尚未填滿的空缺，不知將會遇見承載何種故事的書本。

我一一把書放進新的書櫃裡，感覺一股微熱的光從臉頰滲出，微小卻已足夠在漆黑的夜裡能看清自己的路而不至於跌倒。生命裡至少需要幾次撿拾回來的勇氣，幾次也算幸運了。

親愛的寂靜伴侶

我認識他一個星期後，他跟我說了很多話。

他跟我說，他從小就很想要會開車。因為五歲的時候，爸爸把他放在副駕駛座，然後開車去撞電線桿，威脅這個一點都不在乎他們的世界。

臉前一大盆墨西哥沙拉的我只好停止咀嚼塞滿食物的嘴，抬頭看他。他大力咬下一口漢堡，說很好吃。（後來再也沒看過他吃這種垃圾食物。）

所以升上高中後，當大家都無照騎著摩托車時，他已經無照開著車沒事就到東北角吃海風。我是就算有手排駕照依然不敢開車的那種女生，不過我沒有露出佩服的表情，因為我知道每個人的膽量不太一樣，害怕這件事，人與人之間並沒有絕對的同理心。

「那你現在有開車嗎？」我問。
「沒有，覺得不方便。」他說。

他講話很省，我卻聽得懂。我試著想像念大學的他，開著車環完台灣，然後就把車賣了。我認識他的時候，他已經三十五歲，很難想像他大學的樣子。不過我總是想像他是一個人開車環島，縱然從沒求證過。

後來他又跟我說，在還搆不到流理臺那麼小他就會做菜了。那次他媽媽生病，病得很重爬不起來。他拿著板凳站在上面，取出冰箱裡的蛋和幾片豆干，加了油和醬油胡亂炒熟端給媽媽，他走到媽媽床前，左手一直摸著離火太近熱呼呼的胸口。

這次我嘴巴的食物剛好吞下去，偷瞄了他一眼。
他繼續啃著漢堡，樣子笨拙又討喜。我伸手遞衛生紙給他，指指他的嘴角。

剛認識的那個禮拜，他每天等我運動完陪我吃晚餐，跟我講很多話。他說，我聽。他的故事都蠻精彩的，相較起來我就其實沒什麼可以稱得上故事的話要說。

我曾想過，是不是一開始他把話都說完了，以至後來在一起，每次吃飯時，我總是對那種過於安靜的氣氛生氣。

「要是你一開始跟我吃飯都像這樣不說話，我根本不會和你在一起的！」一股委屈吹脹起的憤怒讓我眼睛很紅。他像想著什麼事突然被打斷的那種表情，嘴巴微微張開正想說話，隨即一股默然飄進他的眼睛，他決定繼續低頭吃飯。我決定把眼淚滴出來。

我在他身邊的那段時間，整天除了買菜就是做菜。他吃過早餐出門上課後，我背著背包，騎著借來的越野單車，去超市買菜。如果時間充裕，我會在旁邊的咖啡廳看點書，總是選面對窗外的高腳椅，喝著很濃不加糖的豆漿拿鐵，望著門口那隻黑白相間的鬥牛犬。即使天氣很冷，牠還是一邊滴口水一邊傻傻望向在店裡喝咖啡的主人。狗與身俱來一種愛人的能力，並且至死都不會懷疑其實自己愛錯了人。

妳不是狗怎麼知道。我嘲笑自己。

當我跟他描述那隻痴心絕對的小狗時，他卻說，
「以後我們一起養一隻黑色的拉布拉多。」

那時我還沒有發現，我們想像未來比活在當下容易太多，好像我的每個今天都只是為了走到明天而存在，但是明天始終沒有來到，所以我們就誤以為好像可以這樣永遠走下去。

買菜的路程來回十五公里，那時我還喜歡唱歌，邊騎邊唱，騎車技術和肺活量在那個冬天都進步許多。他還是喜歡一個人開車，只是車子已經無法帶他到想去的地方。不久後，他告訴我，他要去很遠的地方學開飛機。現在想來，開飛機其實飛得再遠，終究要落地，但車會開得越來越遠，在視線中消失後可以永遠都不再回來。我總是覺得他離我很遠，那個被爸爸嚇著發抖、擔心媽媽會不會死掉的小小的他，似乎都比現在這個強壯結實的他離我更近。我感到沮喪，找出幾張自己小時候胖嘟嘟穿著粉紅連身裙的照片給他看，他看了很久才說話。

「妳媽媽給妳買了兩雙一樣的娃娃鞋，一雙是粉紅色的，一雙是紅色的。」

我低頭看著照片，從來沒有發現過。

「這張照片，可以給我嗎？」

他拿走我捧著棉花糖，臉笑成一坨的那張，腳上是紅色的娃娃鞋。

現在回想，我們之間的疏離，其實在說最多話的那段時間也依然空洞。距離始終在我們之間拉扯著（無論是心靈或空間上的），以至最後的斷開造成雙方狠狠地跌落。我們坐在地上，滿身泥巴，傻傻望著彼此。

我們說再見的手全停在半空中。

後面是很白很乾淨的背景，靜的像聲音被抽乾了一樣。

什麼，都再也聽不見了。

窮人的巧克力

小時候，我跟爸爸說長大後要嫁給一個工人。

我為什麼不跟媽媽說要跟爸爸說呢？因為我想氣他。他卻面不改色地問我，是哪種工人？水泥工？木工？搬運工？還是水電工？好像問我晚餐想吃水餃、牛肉麵，還是排骨飯那樣的語氣。結果這麼一問把我問倒了，我想了一下說，換燈泡的那種工人。

幾個禮拜前，爸爸請了一個工人把我們全家壞掉的燈泡都換新，總共拆下八個燈泡。我站在那個工人的梯子旁邊，伸手接他取下的壞燈泡，他告訴我壞掉的燈泡搖一搖會發出聲音。我每拿到一個就用力地搖，然後不小心砸了一個在地上，自己嚇哭了。我想爸爸會以為我想嫁給那個工人，我突然臉紅了起來。他笑笑地說，是水電工呢。

本來想氣我爸爸，最後反而變成一個被大人拿來調侃的笑話。之所以會想氣他，是因為我在學校跟同學說到換燈泡的事，我想告訴他們壞掉的燈泡搖起來會有好聽的聲音，結果同學回了一句，我們家燈泡都是我爸換的。我就不說話了。我房間有三個主燈，兩個壞了好幾個月，我以為換燈泡是一件很專業的事，得花錢請人來做，因為我爸爸看起來不會做

這件事。另一個同學說,她爸爸是爺爺,換不動的。我走過去一把將她的辮子扯下來,手裡還握著纏著幾根頭髮的橡皮筋。她哇哇大哭,我被罰站了一下午。

那天爸爸來接我的時候,老師特別把他找到辦公室,我跟在老師和爸爸後面,穿過大堂上了兩層樓,經過我們班的時候,我刻意放慢腳步和他們保持一段距離,偷瞄一眼還有誰在教室,我覺得自己的耳朵燙得快燒起來了。

回家的路上,爸爸沒有說話,也沒有問我為什麼要扯人家頭髮。我心裡很不舒服,然後就說了想嫁給工人的事。之後大約過了一兩年,有天媽媽在廚房做晚飯,突然慘叫一聲,我出去一看,原來是廚房的水管爆掉了,水全淹到客廳。我看媽媽拿抹布堵著破水管,爸爸蹲在地上幫忙像一隻慌張卻緩慢的蝸牛。他叫我拿電話打給那位水電工,電話號碼貼在冰箱上。我看著他在地上的狼狽樣,一瞬間以為他又在開我玩笑。我蹲下來接過他手上的抹布,叫他自己去打。結果這個舉動讓我爸媽真的以為我把水電工當白馬王子一樣地暗戀著。水電工來了,三兩下就搞定,爸爸因為試著修水管閃到腰,好幾天都動不了。

搶救水管之後,水電工又來了幾次,把全家一些年代久遠的管線重新檢查維修了一遍。有時他全身都灰灰髒髒的,用梯子爬上爬下,扛著一個電鑽,我認真想起我要嫁給水電工這句話。

我第一次發現爸爸老，是看見他手臂上的斑。一開始不知道那是什麼，爸爸說那叫「老人斑」。如今我想起如果爸爸那時隨便回答我是汗斑或太陽曬的，我的生命會不會有一點不同。我們一起去菜市場時，那些愚蠢的大嬸們會搞不清楚狀況，衝口而出：哇，你孫女啊！真漂亮。她們為什麼不先搞清楚再說話呢？愚蠢的熱情真是討厭。我會面無表情瞪著她們，爸爸卻一副無所謂，總是笑笑地回答，我女兒啦！那些愚蠢的大嬸們就會有一秒的尷尬表情，再發出幾聲乾笑，加一些無意義的語助詞，然後說：「哎呦！你真好命！」我期待她們那一秒的表情，像裝過廚餘的塑膠袋一樣。

不過，如果媽媽也在，情況就是另一回事。我媽是個優雅的女人，她出門從不牽著我，只是偶爾低頭確認我依然跟在她身旁。我們三個人出門時，她會勾著我爸的手，我爸牽著我。等我再稍微長大一點，我老是甩開爸爸的手，隔著幾步跟在他們後面，一路踢著石頭。

從我有記憶以來，爸爸就沒有在工作。所以整個童年都是爸爸帶著我，他總是在看書，或是打瞌睡，偶爾才跟我說話。他不會做菜（我覺得他什麼都不會），只會在泡咖啡時泡一杯巧克力給我，一邊看書一邊陪我做功課，卻不怎麼關心我的作業和成績。

為什麼你不喝巧克力？我問。
咖啡就是巧克力，只是比較便宜，是窮人的巧克力。他說。
我們很窮嗎？我問，心裡有點不高興又多一件要擔心的事。

我窮，妳不窮，是小富婆。他說。

怎麼會你窮我不窮？我問。

因為妳很年輕，但爸爸很老了。他低下頭沒有透過眼鏡看我。

老，是我從小覺得最刺耳的一個字。

我衝過去喝了一口他的咖啡，臉皺在一起不是苦到是燙到。

爸爸笑著推回他的老花眼鏡。

媽媽說爸爸以前是她的老師。

我說，我的老師都結婚了，而且很多小孩還是我的同學。

應該說爸爸是教授。媽媽說。

那是什麼？我問。

大學的老師。

有什麼不一樣？

可以教妳學問，還教妳生活和做人。

我還想問，但不知道要問什麼，嘴巴張得開開的。

等妳長大就會懂了。媽媽說。

我其實一點都不想長大。自從我知道爸爸比媽媽大了三十歲，比我大了五十四歲，而別人的爸爸只比他們大了約三十歲後，我每天都在擔心爸爸會死掉。我學會減法後沒事都在默唸這些數字。每當有同學的外公外婆爺爺奶奶過世，我都會問他們死的時候是幾歲。爸爸坐在沙發上不小心睡著時，我會很緊張地爬到他旁邊盯著他的胸口，確定他有在呼吸。

事與願違，我還是長大了。上國中最開心的一件事，就是我必須坐公車上下學。這表示爸爸不會再來接我放學了。自從我拉掉無數個女同學的辮子、把男同學的便當丟到垃圾桶之後，沒有人敢說爸爸是我爺爺（至少我沒有再聽過）。整個童年我學到三件重要的事：可以跟老師結婚、會不會死跟年齡沒有絕對的關係、人要靠自己才會變得強大。

後來當我再次說要嫁給水電工時，沒人有興致調侃我。我三十歲，沒什麼幽默感，大家知道我不是在開玩笑。

上了大學我就一個人住，租了很貴的小套房，天花板裡全是間接照明的燈管。當我住到第二年時，床頭的燈先壞了，後來一連壞了幾個。我實在受不了，打給房東，他請我自己去找水電工人。我在網路上隨便google 了水電修繕，然後出現他的電話。他第一天來的時候，全身都是灰灰的，他跟我借洗手間，換了一整套乾淨的衣服後，才開始幫我換燈管。後來他每次來找我，如果全身都灰灰的，他就不會讓我碰他，直到他梳洗完畢。他從來不讓我洗他的髒衣服，說會弄髒我的衣服，我說分開洗就好，他也不理。我常覺得我們很像，身高一樣，年齡一樣，都懶得說話，喜歡趴著睡覺。

我跟爸媽說要嫁給他後，媽媽開始常常約我喝下午茶。每次都說要我陪她逛街、染頭髮，然後總是會突然出現一個誰誰誰的兒子一起加入。到

目前為止，我認識了四個，三個都在教書。我也開始教書了，教的是分子生命與科學。這個主題，總是很難變成聊天的話題，我常常為那些男士找不到話題而尷尬的臉，感到有點小小的過意不去。

媽媽開始想像我跟另一個教授一起生活的樣子。她說我會生兩個小孩，一男一女，寒暑假全家都可以出國玩，也許還有機會去國外的研究單位待上幾年。我告訴她，她的想像太過籠統，我來說說我和一個水電工的生活好了。我每天六點起床做好豐盛的早餐，疊好兩套乾淨的衣服三個口罩，裝好一桶一公升曬過太陽的過濾水，一小壺手沖的黑咖啡送他上工。他會比我早下班，洗好澡，把米放進電鍋，去黃昏市場買新鮮的蔬菜，有時回到家發現我已經到家，我會接手做菜，然後一起吃飯時我們會配啤酒。

「妳會被別人瞧不起。」

我還來不及說吃完飯，我們會窩在沙發上一起看電影，媽媽就打斷我了。

「妳會發現，你們的差距太大，根本無法溝通。」

我知道無法讓她明白，我不需要一個跟我思考同類型的事一樣多的人，因為這樣我才能有足夠的空間生活。我說不清為何總是想把生命所理解的一切丟得遠遠的那種念頭來自何處，就像我從不解釋為什麼我手裡有那些揪著頭髮的橡皮筋。我的腦袋開始發出嗡嗡的聲響，我再想了一遍這整件事，有一瞬間很擔心水電工的出現不是巧合，而是我潛意識一手創造出的結果。突然間，我想起他施工回來那全是粉塵的灰髮，我的腦袋才終於安靜下來。

爸爸坐在一旁都沒有說話。我冒出一個從未有過的念頭：如果我有個兄弟姐妹，現在的一切可能會不一樣。從來沒有任何一個人跟我一起分享逐漸瞭解這個世界的過程，沒有人一起跟我擔心爸爸會死掉，沒有人一起幫我拉別人的辮子，沒有人一起跟我討論能不能和老師談戀愛，沒有人一起跟我學著如何變得強大。

爸爸起身走去廚房，我聽見磨豆機的聲音。還有身旁媽媽的哭聲。我坐在那，才一下子，好像有什麼東西變了。爸爸端了兩個杯子，遞給我一個。

「窮人的巧克力。」他說。
我看著他拿杯子的手微微顫抖。我明白那不是情緒造成的，是因為老。

老。

我終於輕輕鬆鬆說出口這個字，再也不用咬牙切齒。

「我不窮，我是小富婆。」
我小心啜飲著咖啡。

影子 37.8 度

我每次跟他見面，會回想我們上一次見面是多久前。起先是兩個星期，後來變成一個月、三個月，現在是半年。之後可能會變得更長，只是目前我無法想像超過一年才見他一次，即使我們已經沒有在一起了。

剛認識他沒多久，我說我決定要當個演員。要他用相機錄下我一百八十度的側臉，找出最好看的角度。我像電風扇一樣等速旋轉我的頭，嘴巴緊閉眼睛直視我要去的方向。他把檔案放進電腦播出來，我看了兩三遍，原本貼近銀幕的臉越離越遠。

你眼裡的我就是長這個樣子嗎？
不然呢？

我啪的一聲大力蓋下他的筆電，坐到床上，兩個人一動也不動。我開始用力拍打自己的臉頰。他依然只是坐在原地，所以我開始邊拍邊哭說自己看起來好醜。
如果妳真的要當一個演員，就要面對很變態的標準。他說。
我哭得更大聲。

「才不是呢，我記得我跑去坐在妳身邊，也開始拍自己的臉，直到變成妳一直拍我的臉，拍到笑了起來。」
我不記得，應該不是這樣。

那時我們一個月見一次，見面時都在比對彼此對過去的記憶。明明是同一段時光，為什麼記憶會有那麼大的落差，尤其是這些很細碎的事情。見面後常常不歡而散，想著其實可以不用再見面了。我開始想著他的版本的過去，一邊想一邊在腦中建構那些畫面，想了幾天後，好像把自己想活了起來，在那樣一個「可能的過去裡」，活了又消失。我覺得打他的臉真是打得太好了。

我開始打掃自己的房間，買新衣服，重新看待自己是個能揮灑過去的獨身女性。我換上全白的床單，全白的被套，因為不會再有人一回家穿著髒褲子坐在床上。我戴上耳環，慶幸耳洞還在，因為不會再有人為了吻我而鉤到耳環。他親我的時候，先摸我的頸子，再伸進我的頭髮裡，然後把我的頭摟向他的嘴。每次都不嫌麻煩，好像飯前禱告一樣。

過了一個多月，我們又會找一些藉口碰面。有時是我，有時是他。

我最近發現一間餐廳，有很道地的紅酒燉牛肉。
改天一起去吃。
（我們住在一起時，曾徹底研究過這個食譜。）

Woody Allen 有新電影了。

改天一起去看。

（他知道我很喜歡 Woody Allen。）

生日快樂！

改天一起吃飯。

（笑臉）

漸漸地，我們開始不再針對過去為對方洗腦，避重就輕地談論未來，刻意迴避現在。我試著用一個單身女性的視角去評斷他：工作不穩定（但具有前瞻性）、不夠幽默風趣（卻很穩重）、太瘦（可是很精實）、沒有車（有房更重要）、似乎不太看書（愛看電影也可以）、沒有共同興趣（培養就好）……這樣似乎行不通，所以我試圖以他單身男性的視角看待我這樣的女性：過三十歲還沒結婚（但外表看起來只有二十七）、有點聒噪而且神經質（這是活潑）、身材太壯（我有在健身）、吃太多（再說一次我有在健身！）、笑起來蠻好看的、經濟獨立會搶著付錢、受過良好教育蠻有氣質的……我覺得自己這些內心對話實在荒謬得好笑，作為一個曾經愛過他，而且或許還多少帶點恨的我，透過自己的視角是不可能看見他中性的樣子。

通常在吃過晚餐後我們各自回家，我拍拍他的手臂，他點點頭。離開好幾步後我會回頭看他，我知道他不會發現，因為回望從來不是他的作風，即使在我們熱戀時也一樣（我也曾抱怨過這件事）。我把他的影子當成他的臉看，影子還是他的樣子。

後來我沒當上演員，做了模特兒，穿平常不會穿的衣服，努力笑得像平常一樣。模特兒要準備自己的高跟鞋，好的高跟鞋我買不起，穿夜市的便宜貨，站著還行，走路就搖搖晃晃的。在一起的第二年生日，吃完生日大餐後，我們為了省清潔費跑到旁邊的公園切蛋糕吹蠟燭。他送了我一雙名牌標準三吋半的黑包頭高跟鞋（俗稱黑包高），我開心得想哭，立刻套上鞋試走台步，還擺出一副專業 T 台模特兒的架勢，結果沒走幾步鞋跟踩到水溝縫左腳狠狠拐了一下。我的左腳有舊傷，立刻腫起來，我坐在地上想著隔天要怎麼走秀，他繼續切蛋糕。

「那是妳最喜歡的草莓起司蛋糕，妳卻把它打到地上。」
「我看到你在笑。」
「我沒有。頂多只笑了一下。」
「我很痛，而且隔天有工作。」
「其實，我希望妳最好不要去做那工作。」

那時我們變成幾個月見一次面，偶爾會出現這種對話，讓我發現一些我本來不知道的事。

「你從來沒跟我說。」
「因為那是妳想做的事。」

其實那不是我想做的事，充其量只是離我想做的事稍稍近一點。不過那都是過去的想法，我現在其實不太有什麼很想做的事了。我並沒有告訴他這些，怕他會以為我又在埋怨他不了解我。在一起時，我常常把這句話掛在嘴上，分手時，也是。

那一刻，我突然發現我們幾乎不會用疑問句跟對方說話了，每一句，都是肯定的。

「你就是不懂。」
「可能我以為我懂，就像妳可能也以為那是妳想做的事。」

這段對話之後，我們大概差不多半年沒有再見面。這半年我過得不好也不壞，我依然花很多時間在打掃，但是發現即使一個人，白床單還是很容易髒，發現買了的漂亮新衣服沒穿過幾次，因為我每天都只穿那兩雙球鞋。我把耳環拿下來，因為運動很不方便。我發現自己變成了一個真正的獨身女性。我去超市買一人份的有機食品吃得很講究，我挑平日沒有人的時候去看歐洲電影。我沒有抱怨，反而覺得自在，我為不用再膽戰心驚面對起伏不定的心情感到欣慰。我跟他住在一起的那段時間，因為只有一個房間，所以我想哭就要去洗澡。有時我會故意哭得很大聲，蹲在浴缸裡任憑花灑沖著我的頭，我從沒鎖門，他也從沒開門進來過。

他偶爾傳訊息給我。我則比較少了。

我在德國，到處都是妳喜歡的三明治。
你多吃一點。

我看到妳喜歡的咖啡店又開了一家分店。
嗯，但是我現在不喝那家咖啡了。

我業績達標了，慶祝一下吧。
嗯，好。恭喜啊。

上一次見面那天我發燒燒到 37.8 度，還是去赴約了。

我在他身邊的兩年多裡，從來沒有生過病。所以那是我第一次用發燒的眼睛看著他說話，他說我發燒的樣子看起來很像喝醉，我說我覺得所有空間都是傾斜的，而他的輪廓像是用虛線框出來的。他不懂我的意思，我伸手用食指從他額頭的髮線，沿著右耳到下巴到左耳描了一個完整的圓形弧線。我說我把虛線連了起來，他終於有一張完整的臉了。他說，發燒的我跟以前的我好像。我說不懂他在說什麼，他搖搖頭說沒關係。

我當然知道那是什麼意思，我們沒有在一起已經很久了，我不再是獨身女性，他也不再是獨身男性。但每次見面時，大概有百分之十的時刻，

我們好像讓過去的自己復活了，而這個發燒的我，為今天的會面帶來了
至少百分之八十的復活。我們堅定地看著彼此的眼睛，似乎暗暗放棄了
某樣東西，然後我把我的餐後甜點推給他。

離別時，我拍了拍他的手臂，他說送我回家。我叫他往前走幾步，還不
夠遠，再走幾步。我看見他的影子了，疊在我的腳下。大概又是發燒的
關係，他影子的形狀跟以前也不一樣了，我有一種感覺，我的身體和大
腦正在告別那些不確定是否真正擁有過的東西。我擠了一個鬼臉，作出
一副痛苦的樣子（其實真的很痛苦），他說，不要玩了，我們回家吧。

我想他應該是講錯了，但我也懷疑是自己聽錯了。
這一刻，如果我們還會見面的話，又是一段誤差的記憶了。

餘生的第一天

接近五點，我就開始緊張。

不能開得太慢，不能開得太快，一定要剛剛好在五點三十五分抵達那一站。如果少等了兩個紅綠燈，我可能就會提早在五點三十分到達，她還不在那，所以我一直在慢車道保持時速三十，任憑機車呼嘯而過，把時間填回來。如果多等了一個紅綠燈，我的手心就會開始冒汗，如果多等了兩個紅綠燈，她可能會坐上別的公車，所以我就得開到四十，把時間追回來。要小心不能開太快，有幾次我開太快了，到站後看不見她，以為她搭了別的車，離開時才看見她一拐一拐踩著斑馬線往公車專用道走來，死盯著我的車。

公車專用道的站牌很長，前後有三個長椅，無論我是第幾輛公車，我都會盡可能停在她旁邊讓她上車。有時人多她會坐在第一個長椅，我若被擠在其他公車後，她會焦慮地起身往我的車走來，在人群裡東倒西歪。我隨著車潮往前移動到她旁邊，常常為了讓她方便上車一站停個兩次。我很想告訴她，不如永遠都坐在第一個長椅等我吧。她會說謝謝，那張臉會讓我想到雞蛋花。

第一次跟她説話那天，雨下得很大。以後只要雨下得很大的那一天，我就一定可以跟她説到話。更準確的説法，是她會跟我説話，她會對我説謝謝。下雨時，她會在前一站的騎樓等車，因為公車專用道的設計總讓乘客在被雨淋溼前就被濺得一身泥水。我喜歡在前一站看到她而且剛好是下雨天，因為我就能有機會離開駕駛座攙扶她上車幫她收傘。如果沒下雨，我就不會幫她，我想那會讓她覺得不自在。第一次攙扶她上車後，我整件襯衫都溼了，原本稀疏的頭髮變成一撮撮的，她沉沉地説了一聲謝謝。噢，雞蛋花。

我慶幸自己開的是小巴士，可以和她離得很近。我從後視鏡裡看她，覺得她在鏡子裡面跟本人長得不太一樣。有時車上的人不多，幾次車裡就只有我和她。我會開得很慢，卻又不能慢到被她發現。我把空調偷偷關掉，因為關於雞蛋花的聯想，我一度相信她可能帶有雞蛋花的香味。當然我只聞得到車廂裡之前乘客留下的味道，或是我自己身上一股上了年紀皮膚散發出的油脂味。她顯然沒有使用任何有香味的東西，她身體本身的氣味跟她的人一樣與「強烈」沾不上關係，她身上所有的焦點都被那支拐杖奪走了。每個人看到她大概都會浮現一種憐憫的感慨，想著要是她沒有跛腳還真是個美麗的女孩。我卻覺得，如果不是因為那隻形狀不自然的腳和那把拐杖，根本不會注意到她是一個漂亮的女生。她身上的美麗是被缺點所放大的，大家總流露出一種悲天憫人的眼神，心裡嘆著氣說可惜。

有時我會想像自己是她的爸爸、哥哥，甚至是她養的某種動物，可能是狗或貓，或是一隻很大的老鼠，忘了我只不過是她的公車司機。她看起來大概二十出頭，我覺得她像個學生，除了學生我想不到她會做什麼，我為自己對她工作的可能性缺乏想像力而感到抱歉。如果她不是那樣歪七扭八的走路，我應該可以說出更多種可能。她對我大概是不會有任何想像的，我頭髮都灰了，一個公車司機。長期開車讓我的腰很不舒服，我吃得很少，不開車時都在打瞌睡，開車的時候自然就會清醒。我開的路線是一條小小的循環，不塞車大概四十分鐘可以走完，起點和終點都是同一個地方。每當我感到自己的時間好像可以順著我的車出發前進，卻每在回到終點發現又是起點的時候，感覺時間其實哪都沒去。我像被鑲在這個循環裡，刻下又填上，日復一日。直到我注意到她，才感覺到我的時間開始「被推進」，我羨慕大多數人的時間能夠主動前行著，即使他們根本不願意。她每天在後照鏡裡的微微變化，就是我今天與昨天不同的證據。我開始學會回想剛剛才過去的時刻，等待即將接近她，享受當下與她度過的那段時間，然後重新期待著明天。

今天她一如往常坐在門旁博愛座靠外側的一邊，左手鬆鬆掛著拐杖，左腿向前微微伸直。車上沒有別人。我告訴自己不可以看她的腿，她一定會發現，但我還是看到了她的鞋。卡其色的布鞋，是綁鞋帶而不是魔鬼氈，褲管邊露出白色短襪，我的心跳開始加速沒留意到已經變成紅燈，突然緊急剎車，然後很大聲對著後照鏡說了聲對不起。我很想轉過頭去看她，卻只是雙手緊握著方向盤。

我想她應該用最少的呼吸換著氣，所以我聽不見她的任何聲音，當然路上太多噪音讓我根本不可能聽見她，我開始感到混亂，卻有一股很新的念頭竄起，我們其實是在對話，只是那些對話全是在沉默中進行，透過鏡子反射在我們之間來來回回。這時她突然真的開了口，說什麼我聽不清楚。原來她在講電話，我慶幸自己沒誤以為她在對我說話。我仔細聽著她的聲音，她吐出的字像水滴在蠟上，或蠟滴在水上，只有字沒有意，旁邊還同時浮著幾朵雞蛋花。

又是雞蛋花，那些長長一路掉落的雞蛋花，在我們放學回家的路上。我想起來了。

我妹妹很小的時候，很喜歡想將來要做什麼，她每天都換一個想法，維持最久的是要當扯鈴選手。因為她學會控制好扯鈴讓自己不需要移動，這是唯一她能掌握的運動。偶爾她會突然沮喪，哭著說自己可能再也長不大了，所以她想乾脆永遠當學生就好。我告訴她，她會慢慢長大，長大的重點其實不是為了成為一個什麼樣的人，是為了受傷。那些傷口對我們很重要，因為它們將吸引著另一些人的來到，像嗜血的吸血鬼或鯊魚。妹妹很快就懂我的意思，她說，那她也會變成吸血鬼，或是在鯊魚肚子裡過完一生。我應和著，但其實我根本不知道自己在說什麼，我覺得她受的傷已經多到她再也不需要長大了。

「哥，我鞋帶鬆掉了。」
我蹲下幫她把鞋帶繫好。她不換魔鬼氈的布鞋，因為她喜歡腳上有一朵蝴蝶結。

「或許我真的應該換方便一點的布鞋。」
我幫她綁鞋帶時，她不會看著我，總是東張西望。
「這樣會太緊嗎？」我問。
「只要永遠不會死，都好。」她說。
「我們說好不能說那個字的。」我站起來。
「不過，如果不『那個』的話，其實也很可憐。」
我實在不想聽她接下來要說的話。
「我『那個』的話，你就可憐了。」她說。
「我會『那個』，誰都會『那個』。沒什麼了不起的。」我說。
她甩開我的手，一拐一拐地往前走。我撿起地上一朵雞蛋花，邊走邊聞，
刻意放慢腳步走在她身後。
小時候回家的那條小巷子，每天都有撿不完的雞蛋花。她始終堅持是因
為喜歡蛋才喜歡雞蛋花，不是因為它很香。妹妹最後來不及過完一生，
而我的一生卻已經過完了。我的妹妹。

我終於在紅燈剩最後五秒時鼓起勇氣轉過頭看她。可能太常從後照鏡裡
看她，她本人的樣子看起來有一種陌生。她看著我，好像一直都在看著
我，一副早知道我會轉過頭來的樣子。

「以後，在第一排座位那裡等我就好。我會開過去。」
「以後，我都會在這一站上車。」
這世界上所有的故事大概都被說盡了，包括我的。

三張畫

他站在那幅畫前面很久，動都不動。

那幅畫是一幅很普通的水彩風景畫，如果不是因為我發現這位老先生站了很久，凝視著那幅畫，一不小心就會忽略這件作品。展覽館裡有一百多幅畫，來自一百多個非專業的作者，他們平常喜歡畫畫，藉著這個機會讓自己最滿意的一幅作品有一個被看見的機會。

我走上前去，老先生脫下他的帽子對我一笑。
「這是我太太的作品。」他說。
我發現他左邊黑眼球有一些渾濁，像洗過畫筆的水。
「這是哪裡呢？」我問。
畫裡所有的線條都非常隨意，我看畫上那黃黃的一塊，像夕陽。
「這是我們家望出去的風景，我們住在台東。」他說。
「台東是台灣最漂亮的地方。」我說。
「是啊，只是就是有點不方便。我和我太太為了看自己的畫，一早搭火車過來，等下就要趕快回去了。」他說完後戴上帽子，朝我身後揮揮手。
我轉過頭去，看到一位老太太走過來，圍著一條鮮紅的絲巾，抿了抿塗著紅色口紅的嘴。

「奶奶氣色真好！」我説。

「當然啊，她好不容易一圓畫家夢了！」他説。

我們三個人同時安靜地看著那幅畫。

「我們要趕緊去坐火車了。」老先生又調整一下自己的帽子，老太太也整整自己的絲巾，兩個人手勾著手跟我道別。

我不知道後來自己在這幅作品前看了多久，離開時夕陽早過了，路燈都亮了。

每天下午四點，我會帶著我的狗去公園。牠上完廁所後，我們就會在公園的長椅待上一會兒。天氣好的時候，會遇見一個印尼看護推著一個坐輪椅的老奶奶曬太陽。

她總是先幫奶奶按摩雙腿，奶奶便會開始打瞌睡。有時她會拿出一本小簿子，開始畫畫。有一次她問能不能畫我的狗。我説可以。然後我們就像平常一樣並排坐著讓她畫，可能是因為感覺到有人盯著牠看，我的狗有些坐立難安，我就把牠抱在我的腿上。

她專心畫我的狗，我也仔細觀察她。她的頭髮又黑又粗，整齊地梳成一個小馬尾，眼睛看起來遙遠又清澈，沒有勞動人臉上的慣性倦怠。皮膚兩頰曬出許多淡淡的雀斑，我聞到她身上有一股橘子皮的味道。畫到一半，我看見老奶奶醒了，提起歪掛的頭睜開眼睛，她看起來像是早已草

率跟這世界道別完畢的樣子。老奶奶看著我，我看著印尼女人，她沒有發現老奶奶醒了依然專心畫著。我沒提醒她，想等她畫完。

她把我也畫了進去。我不像我，我的狗像熊。我把畫本遞回給她，她在老奶奶面前展示了一下，對著我和我的狗比劃一番，突然自己掩著嘴笑起來。

「我不會畫狗，畫得不好，對不起。」她說。
我笑一笑表示無所謂，問她平常喜歡畫什麼？
「小孩。」她的聲音突然變得很堅硬，把畫冊又遞給我示意我翻。其實那不過是一本筆記本，有藍色線條的那種。
「這公園下午每天都有很多小孩，我就畫小孩。那個小胖子，每天都在吃冰，會欺負他弟弟。」她指向遠方溜滑梯上一個在鬼叫的小男生。
「我之前看過妳幾次，覺得妳很漂亮，妳的狗也很漂亮。」
我抬起頭說謝謝，又低頭翻著她的畫冊，她畫的小孩顯然比我和我的狗好看多了，只是那些孩子們看起來都不太開心，而且全都是男孩。我把畫冊遞還給她，她把老奶奶大腿上的毯子整理一下。
「妳有小孩嗎？」我覺得她在等我問這句話。
她很快從口袋的錢包掏出一張照片給我，像從一開始就一直在等這一刻。
「這是他三歲的樣子，現在都八歲了。」
「很可愛。」她抱著兒子站在一棵大樹下，笑眯眯的。
「我五年沒有見到他了。都長好大了吧。我和我老公都在台灣賺錢，今年錢存夠終於可以回去蓋房子了。」她說到最後一句時刻意壓低音量，

反而聽起來異常興奮。老奶奶發出一點呻吟，她轉頭拍拍她的手，說得帶奶奶回家上廁所了。

我把我的狗拴上狗鏈，又在公園繞了一圈。我看著那個胖胖的小男孩，抓著弟弟的上衣扯來扯去，兩個人在公園追到滿頭大汗，褲子的膝蓋處全是泥巴。
我跟我的狗說：「第一次，有人把我們一起畫進畫裡噢。」
牠搖了搖尾巴，似乎也覺得高興。

「這裡的水喝起來甜甜的。」

我一時找不到聲音的來源，他揮揮手。我才看見不遠處的溪水正中央的大石頭上坐了一個人。他穿了一身灰，遠看就像一座石頭。

我握著手裡的寶特瓶，小心地站起來。我們之間隔著溪水，是一種陌生人很難寒暄的距離。若在城市裡，點點頭離開也不算失禮，可是一旦到了露營區，好像每個眼神對上的過路人都得彼此熱情寒暄個幾句。我第一次上山露營，一時擺脫不了都市的慣性冷漠，正苦惱著應該回些什麼時，他已下了石頭涉水向我走來。我下意識往後退一小步，右腳踩到青苔，滑了一下。他剛好伸手扶我一把。

「謝謝。」想半天的第一句話竟然是這個。

「妳應該是第一次來露營吧。」他説。

「我朋友最近迷上露營，我跟來湊熱鬧。」我説。

「當心上癮喔。」他轉身在一塊大石頭上坐下，説要等太陽下山。

我看見他手裡拿著一本素描本，才想到自己手上的水瓶，朋友還在等我取水煮咖啡，就匆匆道別回營地去了。

後來發現他的帳篷搭得離我們不遠，還有他的爸爸和媽媽。他們三個人大多時候全面向不同的地方低頭畫畫，像動物園裡的寫生團體。我從遠處看他們，覺得那畫面裡好似有股滿滿吹脹的氣氛，讓人不敢靠過去。吃完晚餐後，我到溪邊取水洗碗筷，又看見他坐在溪中央那塊石頭上。這次他沒有發現我。

「我今天才知道原來山裡到晚上都還看得見。」我説。

他轉頭看了我一眼，又抬頭看夜空。

「因為今天是好天氣。」他説。

我蹲下來洗碗筷，他一邊問要不要幫忙，一邊就涉水走來蹲在我旁邊，我推説不用，他也沒有要站起來的意思，就蹲在離我很近的距離看我洗碗。

我覺得應該要説點什麼。

「我剛才看見你爸爸媽媽也在畫畫。」

「我們全家都很愛畫畫，常常到山上露營然後各自畫畫。」他說。

「感情真好。」我的口氣聽起來是真的羨慕。

「以前這個季節的每個禮拜我們都會來露營。好一陣子沒上山了。這次來感覺好奇怪。」

我等他繼續說下去，他卻沒有開口，我站起來把洗好的碗盤疊在一起，倒著甩了幾下。他也起身，把手上的畫冊翻開給我看，一張畫了一台山間的露營車。

「這本其實是我哥哥的畫冊。他草稿都打得很隨便，就是喜歡上色。」他說。

我把碗盤靠在一顆石頭旁邊，用衣服抹乾手上的水，接過畫冊湊很近地看。上了色的畫都還看得見鉛筆的草稿，顏色與草稿的圖案沒有絕對的關係，藍色混著綠色從露營車車身豪邁地染上天空。我隨意翻著畫冊，還有許多未上色的草稿。

「去年暑假，他出了一場車禍，走了。」他說。

我抬頭看他，他看著我手裡的畫冊，我剛好翻到一張看起來像是某種瓜類的草圖。

「他也很喜歡畫媽媽帶上山的食材。」他說。

我繼續翻著，但沒有辦法看得太仔細，我想說點什麼又覺得說什麼都不好，他應該是感覺到我的焦慮，深吸了一口氣，苦笑了一聲說：

「妳長得很像我哥哥會喜歡的女生。」

我笑著把畫冊還他，鬆了一口氣。

「我想幫他把沒上色的草稿上色，但很奇怪，就算今天以為完成了，明

天一看又覺得還可以再加點什麼。」他說。

我有一種感覺，他可能一直在找一個人說出這些話。

「只是這不能讓我爸媽看到，哈哈。」

他把畫冊抱在胸口，拍了兩下。

我們一起走回營地，斷斷續續聊著天，一路上月光微亮，不像黑夜像清晨。這樣的好天氣裡，好像沒有什麼事情不能被期待，也沒有什麼事情不能被遺忘。

光合的世界在崩毀

和那種出身好家庭，被嬌生慣養到任性無比的女孩不同，她讓你覺得她身上一切美好的結果，都是靠自己的力量獲得的。剛認識她時，我還年輕，沒見過這樣的女生，覺得她很特別。

過了這麼多年，每當我摸到一些質料很好的衣服，或是看到某種特殊風格的照片時，我還是會想到她。她給我的那張手繪風景名信片一直在書櫃的最上方。搬新家後，我想了很久，究竟要不要拿去裱框掛在牆上。

「願美好的人事物繼續發光。」

那是張丹麥的風景畫，小小的房子外有一個走回家的小身影，她說那是我。那時剛開學認識不到三個月，一下課我們就聊天，聊的不是自己，而是對於這世界的概念性想法。譬如我們都會覺得善良是最有吸引力的特質，漂亮的女生因為生存總是多了機會，所以容易維持善良的本性。我們介紹看過的書給對方，閱讀的時候不經意猜測對方究竟是為哪部分著迷。我們一起出去。她喝茶配餅乾，我喝咖啡配蛋糕，然後一起看同一本雜誌，互相指著圖片上某個微小細節嘖嘖稱奇。我喜歡看她穿衣服的方式，總是把想不到的幾樣東西配在一起，看起來隨意卻充滿細節。

她教我用一種微微傾斜的角度去找出生活中不經意的美感。她瞧不起把虛華捧上天的那些人。我也是。如今回想起來，我瞧不起他們可能是因為自己沒有虛華的本事。這點她和我不同，她絕對有爬上頂尖的優勢，我發現自己竟然會有點羨慕。

我收到她從丹麥寄來的手繪明信片，滿心歡喜地到處炫耀。手作價值對我來說是稀世罕物，尤其又是出於一位這麼美好的朋友。一片獨一無二的雪景配上我的小小身影。立刻被放置在房間最顯眼的位置。

「妳是那種真正善良的人。這是妳最大的魅力。」
我腦中突然出現她的聲音。那時的我聽不出底層那種老成的複雜口吻，只滿心覺得受到讚美。

她有一個男朋友，我們三個一起吃過一次飯。整個過程中，他就在一旁靜靜地聽我們說話，離開座位兩次，一次上廁所，一次去買單。他結完帳後我問多少錢，他正要開口時，她說不用了，然後狠狠瞪了他一眼。我知道她男朋友工作剛起步，收入恐怕不太穩定，心裡覺得過不去，這頓飯吃下來肯定不便宜，這是她選的一間非常高檔的法國餐廳。

後來她跟我說，她是刻意讓男友擔負她大部分的開銷，這樣他以後才有能力賺大錢。我當下聽著竟也跟著認同，這就是她厲害的地方。後來回

想，覺得哪裡怪怪的說不上來，不過這是他們的事，他們高興就好，旁人不需要評價什麼。

那時我開始陸陸續續寫東西，放在網路上。她說她喜歡睡前躺在床上讀我的文章，總能一夜好眠。我很謝謝她，她的支持確實有鼓勵到我，即使是現在我仍覺得她是真心的。我們雖然不常見面了，透過分享書單，還是有很多交流。直到我聽到她跟別人說，我看書都是為了在書裡尋找自我認同。也許這句話沒有惡意，我卻有一種被針刺了一下的感覺。後來每隔一段時間再見到她，都得需要一點時間重新適應。首先是她的打扮，她持續創造屬於自己的風格。她說喜歡美的事物有什麼不對，可是我慢慢不清楚要如何分辨她身上美麗與虛華的界限，那曾是她說跟我一樣嗤之以鼻的東西。

起先我想是誤解。誤解或是太過放大她選擇面對這世界的方式。但後來我開始懷疑，是否我誤解的是一開始的那個她，甚至是她選擇面對我的方式。她先看穿每個人埋在身體極其私密的意圖動機，慢慢誘導你說出來，她低著頭傾聽，然後露出以為沒有人看見的訕笑。她再次抬起頭，睜著發藍光的大眼睛，輕盈地鼓動你，你以為接納自己的落腳處終於出現了。再之後，你會開始懷疑她的幽默裡灑了滿地的碎玻璃，遠看閃閃發光，一跑過去才發現血跡斑斑。我曾擔心她是不是發生了什麼不太快樂的事，後來我才明白那些不快樂不是情緒，全是手段。我看見她的善意藏著獠牙，讓那些無助的傻瓜一轉眼被劃傷還以為是自己的錯。起先

我覺得非常受傷，我無法定義她到底是個怎麼樣的人，卻也捨不得否認過去那些很好的互動。我只好放空跟她有關的一切感受。

她說我們好久沒有聊天了，我淡淡的給她一個笑容。也或許我是故意這樣笑，讓她知道我的不痛快，或許期待她會再做點什麼，讓我可以下個結論或是開口問她到底怎麼回事。可惜，她什麼都不做，讓所有懸念依然漫天飛舞，她比我們聰明太多了。慢慢地我們沒有再聯絡，連關於她的消息都沒有了。

前幾天我收到一封信，是她的男朋友寄的。他無意間看見我的書，希望我跟他可以單獨見面。我們的交情就只有幾年前那頓飯，這樣突如其來的邀約，讓我有點擔心，所以趕緊答應赴約。

「我們結婚了，妳知道嗎？」

「恭喜你們。」

「結婚第一年我們就有了一個寶寶，是男孩。她說她一直以為是女孩。直到寶寶生出來才知道性別，請醫生不要先告訴我們。沒想到才六個多月，有一天，寶寶喝母奶的時候，她睡著了，結果寶寶死在她懷裡。從那之後，她就變了。即使醫生說，這種嬰兒猝死的原因很複雜，也算常見，不是只有我們那麼倒霉。」

「她責怪自己嗎？」

「也不是，更精準地說，她像一直在等這個結果。好像她早就知道會遭受不幸，然後終於來了。她說，因為她做了許多非常不好的事。」

「是指什麼？」

「我想妳也知道吧，就是一些見不得人的感情髒事，和一些狡猾的算計與偽善。我有看妳寫的文章，妳應該會懂她。不過，我早就知道她是這樣的人，而且一開始就知道。這可能也是她為什麼離不開我的原因。她覺得自己是一個孤兒，她就這麼認定她是一個孤兒，孤兒就該得到憐憫與關注，可惜她有父母，所以一切就變得難看了。」

「是蠻難看的。」

「不過話說回來，我更喜歡她現在的樣子。好像我知道她總有一天會變成現在的樣子，所以我沒有放棄愛她，很有耐心地等著。就算在我們結婚前，我還收到一些莫名其妙的信，指控她做了多少髒事。我約妳是想告訴妳，如果不介意的話，妳可以打給她。或許妳也在等她變成現在這個樣子。」

這麼多年來，我一直把跟她有關的點滴當成素材放進我的文字裡。有些是全世界應該只有她會知道的事，有些是小到可能連她也忘了的細節。我從沒想過這麼做是為了什麼，只是寫著寫著就寫進去了。

原來我花了那麼多精力，把回憶捏成碎碎的誘餌將她從人海中引出來，是為了再給她一次機會，看看她是否願意真實一次，好好面對我。不過

現在我老了，所以想通了另一件事，就是在人與人的緣份裡，有些就是
註定沒辦法好好說再見的，即使事隔好幾年再遇到，還是一樣。我問自
己寫了那些文字是在期待什麼？那些片斷在我的腦海裡很久，整理後重
新編織成新的故事。我說給別人聽，或許根本沒有人聽到，變成說給自
己聽。我看著大家取得故事裡自己想要的養分，直到她終於出現，才明
白我一直都自以為打著屬於過去的摩斯密碼。只是，這裡面根本沒有過
去，也沒有密碼。一切都是我的假設罷了。

我再看了一遍她男友的信，回道：

不好意思，我不在國內。不方便見面。

失戀後的偶發事件

早晨 6：45 的牛奶麥片

今天早上是爸爸叫我起床的。我聞到他嘴巴裡的臭味，我告訴他，早上刷牙比晚上刷牙還重要，因為晚上沒刷乾淨的殘留食物會在晚上生出很多細菌。他問我是誰告訴我的，我說是媽媽。他叫我快點穿好衣服下去吃早餐，聲音很不耐煩。

我只扣了幾個釦子就把衣服全都紮進裙子，衣櫃裡沒有乾淨的白襪，只好去陽台拿了還沒完全乾透的襪子。餐桌上擺了一碗看起來像我一歲表弟會吃的食物，我還沒坐下就聞到那個味道，我最害怕的牛奶麥片，只要吃一口我就會吐。我拿著湯匙攪了幾下，爸爸站在流理臺前泡咖啡，我正在思考趁他不注意把麥片倒入垃圾桶的可能性時，媽媽在我面前坐了下來。她的眼睛腫得像金魚，還紅紅的。她冷笑了一聲說，她是不吃這種東西的。她看著我的麥片說得好像我不在場一樣。

我攪拌了幾下，很用力吞了一口口水。我想吐，但肚子裡應該沒有東西可以吐。爸爸不知把什麼東西突然掉在水槽裡，哐啷好大一聲，我抖了一下。

我不知道現在應該要稍微吃一點，來表示感謝從不下廚的爸爸為我準備早餐，還是繼續攪拌，以表示媽媽說的話是對的並堅持我不喜歡牛奶麥片這件事。吃或不吃，都將掀起一場激戰。我又攪了幾下碗裡的東西，變得越來越噁心。正當爸爸要準備開口（應該是罵我）時，我說：
我失戀了。

媽媽努力撐開她的眼皮，爸爸拿著咖啡在嘴邊停住，他們對看了一眼。我放下湯匙，起身背起書包，穿上媽媽幫我買的新皮鞋，出門上學。

中午 11：10 的數學課

一個像我一樣十歲的挪威卑爾根女孩，現在正在熟睡做夢，那邊很冷，所以她絕對不會踢被子，起床的時候會發現天很黑，但她還是得上學，她可能也會得到一碗什麼麥片，但是她不會吐因為她從小就吃這種東西長大。她的爸媽送她坐上校車，窗外的他們對她揮完手後親吻對方，她又揮了一下手。

印度德里的女孩，剛到學校，她跟老師說忘記帶回家作業，其實是因為週末看太多電視根本沒有寫完，她一早起來就吃咖哩飯，咖哩是熱的飯是冷的，她用吞的，因為快要趕不上公車。她的狗叫蘇里雅，是印度文太陽的意思。牠會陪她去坐公車，因為常常都快遲到所以他們都會用跑

的，女孩上了公車，蘇里雅會坐在原地，直到公車開走後再自己回家，牠會慢慢走，一路小便。

日本北海道的女孩，剛吃完午飯，她用粉紅色的小花布重新把便當包回原本的樣子，但怎麼樣都打不好結，媽媽教過她很多次，她總是學不會，因為爸爸也不會。不過她很會整理自己的兩條辮子，前天她弄丟了一頂黃色的帽子。

一個台北的十歲女生，坐在教室用指甲摳著桌子。數學老師早上吃壞東西去了醫院，一時找不到代課老師所以我們就做自己的事。我想他可能也吃了牛奶麥片，可能是牛奶過期或麥片沒有煮熟。世界各地的小孩，是不是都吃過牛奶麥片？有的是爸爸煮的，有的是媽媽煮的，十歲太小，不能自己煮熱水，那要是沒有爸媽的小孩就得把喜瑞兒直接倒進冰牛奶裡。我得誠實說，那實在好吃多了。

原來老師也可以生病不上學。
那失戀能不能請病假？

下午 4：10 的兩圈操場

操場有個高年級女生抱著一個熱水袋窩在樹蔭下。她們說她月經來了，

我聽不懂那是什麼，叫她們把月經兩個字寫在我的手上，寫的時候我覺得很癢，笑了起來，然後就笑個不停，直到體育老師開始瞪我時還在笑。我被罰跑兩圈操場。

跑步的時候我想起有一次跟媽媽一起洗澡，媽媽流了很多血在內褲上，看起來很痛。媽媽說女生都會流血，以後長大了我也會流血。她講話的臉看起來堅強無比，好像流血是一件很偉大的事，跟今天早上的樣子完全判若兩人。我想著流血的事而忘記數圈，我實在沒有辦法同時做好兩件事，譬如吃飯又同時看電視（我會忘記吃飯），或是洗澡又同時唱歌（我會走音）。後來老師叫我，我才停下來。體育老師是一個跟我差不多高的女生，很黑很瘦，頭髮黃黃短短的，男生們都說她像男生。我不確定她會不會流血。

我目前覺得流血雖然看起來很痛，但還是比流淚好得多。因為流血的媽媽堅強無比，流淚的媽媽只剩兩顆金魚眼。我後來問媽媽，什麼時候我才會開始流血，她說她也不知道，長大了就會。但是我每天都在長大，卻還遲遲等不到血。而且還沒流血，我就先失戀了。雖然兩者好像沒有絕對的關係。

我看著坐在樹蔭下的那個女生，她的臉讀不到什麼偉大的線索，只是呆呆望著草地，我有點羨慕她，覺得她在經歷一些我無法想像的東西，我不知道還要等多久，也很害怕或許永遠都等不到。

傍晚 5：30 的新鞋

當我把運動服換回制服襯衫的時候，同學說我釦子扣錯了。我說沒有關係，反正我不扣完，扣了一半我就把剩下的襯衫全都塞進裙子裡。同學說從小她媽媽就教她如何綁鞋帶和扣釦子，她念起綁鞋帶的口訣：「長長的兔子耳朵，找個洞洞躲起來，用力拉就躲起來了。」一邊唸著一邊綁鞋帶示範給我看。我跟她說，我不是那樣抓起兩個圈圈綁鞋帶的，一個圈圈就夠了。她沒理我，看著我腳邊的新皮鞋。

我媽媽和爸爸離婚前，送我一雙跟妳一模一樣的皮鞋。她說。
我其實跟她不是很熟，她突然講這個讓我有點難接話。她在班上一直沒什麼朋友，我猜可能就是因為她總是很突然講出爸媽離婚的事。
是媽媽送的還是爸爸送的？我問。
媽媽，但是我現在跟爸爸住一起。她說。

我覺得自己身體抖了一下，如果要我選擇跟爸爸還是跟媽媽住，這個問題實在太困難了。我同時愛著爸爸媽媽，是目前我唯一能「同時」做好的事，還無法分開來做。我說：
妳可以說他們是分手，分手比較好聽一點。
有什麼差別呢？她問我。
我想了一下，把手伸起示意她牽起來。她很順從地把手伸出來給我牽，我在心裡默數了五秒，我們盯著彼此的眼睛，鐘聲響起時我把她的手放掉，然後又立刻牽起來。

分手之後還可以再牽起來。但離婚我就比較不懂了。我說。

我是真心覺得，如果一件事情的意思差不多，我們可以選擇比較舒服的說法，讓自己好過一點。

我套上新皮鞋，把重量幾乎放在前腳掌，甚至輕輕踮起來。我總是把鞋跟磨成斜的，左邊會比右邊還嚴重，爸爸說是因為我的腿不夠直，沒有遺傳到媽媽的美腿。所以我才擔心我也沒有遺傳到媽媽的月經。

晚上 9：00，我們來談談

吃過晚飯後，爸爸說我們得談談關於我失戀這件事。

妳知道失戀是什麼意思嗎？爸爸問。

我點點頭。

是什麼意思？他又問。

我沒有說話。

妳跟誰談戀愛？媽媽也插進來問。

我搖搖頭，看到媽媽的眼睛恢復正常的雙眼皮。

那妳為什麼早上說妳失戀了？爸爸問。

還是妳只是不想吃牛奶麥片？媽媽說，語氣中好像確定那就是答案。

我搖搖頭。

手給我。我把雙手伸向他們說。

他們疑惑地伸出手，我左右手各牽著他們，輕輕捏了一下，然後把他們的手疊在一起。

你們吵架，我就會失戀。我說。

其實真的沒有什麼比失戀加上牛奶麥片更難過的事了。

一天終於過了。

未來回憶

我聽說在運動過後，腦中的海馬神經元數量會增多，如果再給予適當的刺激活化，你的腦袋就會變得更密，也許是腦漿變得更稠的意思。這個道理跟我親吻後一小時的狀態，原理很像。是親吻，只限親吻，不包含擁抱、牽手或做愛。

我很少把「我愛你」這三個字掛在嘴邊，我覺得那不像一種表達，反倒像是一種脅迫，你說「我愛你」，然後眼睛看著對方的眼睛，靜靜等著他也回說「我愛你」。整個過程總讓我覺得尷尬。後來，我發現只要可以親吻，就不需要再說那三個字。

親吻後一小時的我，會突然出現一些跟平常不太一樣的想法，譬如：想用很濃的牛奶泡茶，用綠色的眼影畫出一條很深的綠眼線，拿尖嘴吸塵器把鞋櫃裡每一隻鞋都吸一遍……，我也有可能在熱烈親吻的一個小時後，做出一些人生的重大決定。

剛才親吻過後的四十八分，我決定不再做一個「普通女演員」。

我下這決定時，正站在廚房喝用薄荷葉與迷迭香泡的水，科學研究說水

是有記憶的，把相同的水放入不同的花朵，過幾天你可以看見水分子的形狀會出現水裡花瓣的輪廓。所以我喝下的這些水裡的分子都有薄荷與迷迭香的形狀，而剛剛接觸到我嘴唇的那部分水，會跟杯子裡剩下的水產生區隔，或許會加入關於親吻的一些元素，譬如嘴唇、口水、動情激素等，至於已經進入我身體的那部分的水，會帶著它原本的記憶滲入我要成為一種「非普通演員」的決定。

我把沒喝完的水杯遞給一個小時前跟我親吻的人，告訴了他我的決定。許多人會愛上我所扮演的角色，他也是其中之一。那些角色遠遠超過真實的我，而愛上的人總需要一些時間才會發現。

—為什麼？
—我再也不想在舞台或鏡頭前面成為某個人，說著編劇認為那個人該說的話。
—嗯……
—不過，我還是想做演員，只是我想要用一種可能這世界目前還沒有存在過的方式，重新建立起我、角色與觀眾的關係。
—什麼樣的方式？
—首先，我想扮演的角色是要真實存在過的。
—像傳記電影那樣？
—可以這麼說，但傳記電影都是一些偉人。那些人都跟我的觀眾沒有非常靠近的親密關係。
—妳的觀眾會有多少人？

——一個。一次一個。

——所以妳想要扮演觀眾現實生活裡真實存在的人？

——是的。

——那該如何處理外在的造形樣貌？

——如果你靠得夠近，「任何人」都可以成為「那個人」。他的眼睛鼻子
嘴巴會突然存在在你面前，或者説，開始存在起來。

——有點難懂。

——就像光與時間是平行的，不受限在三度空間裡，所以它們可以説是存
在於四度空間的。我覺得人類的內在情緒是有機會轉化成一種類似光
的概念，然後與時間的概念平行。觀眾心裡的那個人或許因為某些原
因，再也無法出現在他的生活空間裡。但他與觀眾的連結卻沒有因此
斷裂，形成一種懸空的狀態。那種東西放在身體裡面久了，往往會變
成一種缺口，一旦有了缺口，就不知道會讓什麼奇奇怪怪的東西都跑
進去。或許我可以藉由實質的扮演過程，重新修理這些聯結，處理缺
口。

——聽起來像是一種心理治療。

——更精準地説，是為觀眾創造獨一的「**未來回憶**」。

——像進入蟲洞，到了另一個世界。

——我們假設，那裡同時存在我們，包括那些已經見不到的人。

——或是那些人去了那個世界。

——我試圖創造一種與時間軸並存的東西，用想像建構出實質的經歷過程，
創造所謂「回憶」的東西。

——這麼説，妳就是光。

說完，他露出潔白的牙齒笑了，笑容裡有一種奇怪的幸福感。

—該如何觀賞妳的演出？
—可能不再只是用看的，得一起參與才行。
—像真的一樣。
—如果成功，那就是真的。

我是一個出色的好演員，甚至為自己賺了非常豐厚的收入。把事情做好就能得到尊重，在這社會算是幸運的。不過我並不是一開始就做得好。一開始的時候，我講台詞像背書，在鏡頭前走路會同手同腳，該哭的時候眼淚一滴都擠不出來，所有角色都演得像同一個人。我有些沮喪，但表面看起來一點也不在乎。我想如果我不夠強悍，至少得要看起來強悍。

在這行，走得慢才會贏。聽起來好像很簡單，但很快你就會發現緩慢悠開地前進，很容易失去耐性，當你覺得自己很長一段時間都沒有做什麼時，甚至會失去信心。我本來就是一個很緩慢的人，所以這過程難不倒我，有時我甚至慢到快變成靜止的，而世界周圍的一切卻都移動得比我還快。我等著自己慢慢進步，卻沒想過成功來得那麼突然。

有一次，我演一個快死了的女人，在說完一大串台詞後要昏倒在地上。我講完後倒在地上閉著眼，許多聲音向我迎來，但就只有聲音，我閉著眼睛繼續聽，感到一陣強烈的搖晃，我睜開眼看見身邊圍著許多人，我站起來，大家對我說話，我被推到導演椅前，導演說：「妳剛才那個鏡

頭演得非常好，但是 boom 穿了，得再一次，妳就照著剛剛的再演一遍就好。」我點點頭，走回原位，腦中一片空白。我完全不記得剛才做了什麼，但一聽到五四三二，我的身體就開始演了起來。

從那時起，我會演戲了，沒有什麼角色是我做不到的，再也沒有人挑剔我。可是只要一喊 cut，我就會什麼都不記得，不記得剛才做了什麼，腦子裡找不到一丁點關於那部分的記憶，我開始不記得演過哪些角色說過哪些台詞，我跟以前一樣做好功課、背好劇本，上戲，然後忘記。我留下所有拍過的劇本，有時會拿起來讀看看自己說過什麼樣的台詞，有時找出我的演出錄像，看得出神，像是看著我的另一個雙胞胎，她哭她笑她用不同口音語速講出各式各樣的話，成為別人，栩栩如生。我沒有告訴過任何人，我是這樣成為一個大家公認的好演員。

只是那些角色各有各的形狀，規矩的正方形和長方形是很少見的，大多都是奇形怪狀，有稜有角。就算我沒有留下他們進入我身體的記憶，但他們存在的過程在我的內在東撞西碰，確實留下坑坑疤疤的痕跡。

─我能否成為非普通演員的第一位參與者？

我的愛情史，也從演員記憶會消失的那一刻開始分壘。在那之前我總愛上一些試圖（或企圖）瞭解我的人，他們愛上自己的動機不是愛上我，我愛上他們的好奇不是愛上他們。偶爾我會愛上一些幫助我的人，我愛上他們的善意，他們愛上我的無助。後來我對主動跟我接觸的人完全提

不起興趣，對我笑的，跟我聊天的，開我玩笑的，甚至是罵我的，通通沒有感覺。我不知不覺開始走向那些離我很遠，沒注意到我，甚至看不見我的。在這種人眼裡，我不是我以為的樣子，不是觀眾以為的樣子，更不是自以為愛我的人以為的樣子，只是一個單純女人的樣子。

—我有一個從小一起長大的朋友，他在高中時出了車禍死了。我總是想著，如果他還在，我們喝啤酒吃飯聊天的樣子。

他是我最近這部戲的導演。在拍完第九百六十五顆鏡頭後，我們親吻。第一天開鏡時，他對我說，所有的鏡頭，都只能拍一次，無論任何錯誤都不重來。他說，我不會告訴妳要怎麼演，妳想要怎麼做就怎麼做，反正妳也不知道妳在演什麼。旁邊的人以為他在諷刺我，我卻笑了。兩個點一個通道的連結，好久沒有這麼單純地被建立起來。

—不是說，有多想見到他。只是人太過突然離開，你跟他一起說過的話，約定要一起做的事，會變得更具象。但是如果他們沒走，你可能根本忘記彼此說過那樣的話。

我做過最粗心的事，就是太過小心謹慎地去愛一個人。那是第一次也是最後一次。那時親吻完我不會有些奇怪的念頭，只想一直牽著手直到手都發熱。我們最喜歡做的事就是假裝我們在未來。假裝今天是明天，模擬要去見那位很愛吹牛的朋友，我模仿那個人然後笑翻，等到明天真的看見那個朋友時，我們會忍不住一直偷笑。假裝現在是十五年後，我們

依然在為了晚餐要吃什麼而鬥嘴，我掰出一些根本不存在的未來食物，以為未來真的那麼有趣。

一變得具象後，就會不時想起。先想起那些事，再想起他。想起我們以前說的那些 Future Memories。

成為一個演員這件事，卻沒有在那時我們創造的未來回憶裡。演員養的動物植物都很容易死去，我們的家人朋友常常不知所措，我們的另一半總是心碎。我們使用一部分的自己看待全部的自己，一邊評斷、批判、責怪，又一邊憐惜、自省、接受。如果我不是我，是不小心路過的人，我就能看著他與我的遊戲，然後更清楚聽見我的聲音檢驗我的表情，在那場最粗心的愛裡，我會知道要好好把持我的粗心，隨隨便便說一些我愛你就好。然後我可能就不會成為一個普通演員，也更不會想變成一個非普通演員，我更不會失去片段記憶，我的愛情也就沒有分量。但是我還是我，聽不清楚自己的聲音看不見自己的表情，所以現在幫別人創造未來回憶會成為我人生接下來的重大使命。

我走向他，再親吻他一次。我披上他的外套，套上他的長褲，把頭髮紮成一束塞進他的棒球帽裡。從冰箱拿出兩瓶冰啤酒，我說：

等會兒我是你那最好的朋友，你就是你，我們今年都四十歲，家庭幸福人生美滿。五四三二，Action！

一切不過剛好而已

序

Dear you,

二十年，一切安好。

我翻開書本的第一頁，寫下這幾個字。

妳的訊息寄來的第一時間，我正在洗碗，看了一眼電話，看到妳的名字，沒有停下手邊的動作，把本來洗好的幾個盤子又丟回水槽，全部重洗一遍。然候開始整理茶几上的雜物、吸地板、把書堆重新歸位，直到發現想收的衣服還有點潮溼為止，再也找不到合理的雜事可做。我坐回床上，拿起手機讀著妳的訊息。

啊，妳終於出現了。

我沒有心思猜想妳要跟我說什麼（其實也猜不到），只想著妳終於出現了。我在寫那些故事時，是否就在期待能引妳出來。只不過後來那個故事被改寫到只剩少許的真實元素。重點是在記憶，我確定不會有人跟自己一樣，有能力凍結那些最開始的片段。

「這是我的書，今年夏天剛出的。」我說。

妳翻開書的第一頁，看了幾秒。

「妳的字變了好多。」

「我現在沒有一種固定字體了。」我說得很無奈。

妳遞給我那本筆記本。

「妳確定要看嗎？我都不敢看自己以前寫的東西。」

「這方面，我還算勇敢。」

我沒告訴妳，幾年前我也不敢看，直到開始真正創作後反而就不怕了。

「我覺得妳給我的這本筆記本，好像預言書。」妳翻到最後一面：

因為知道還會相逢，所以不想和妳告別。

我記得自己有過那樣的字體，對於過去卻覺得不像是自己的一部分。妳同時盯著那兩行字，嘴角有一點笑意，連自己都不自覺自己在笑。

有共同過去的人不見得能有相同的記憶。

「我剛才一直回想，到底最後一次見到妳是什麼時候。」妳問我。
「我剛上大學，一起吃了一頓飯。」
「不是，總覺得我們後來有再見過一次。而且是在台北車站的麥當勞。」
我不自覺地把頭往上仰，想著。
妳看著我的表情，像在回想以前我想事情是否就是這個樣子。
「好像有點印象。」
「我一想，想著那樣的畫面，然後越想越細，我幾乎快要說服自己就
是那樣了。」

如果後來有再見過一次，為什麼我的記憶不是停留在最後一次見面？

「其實我常常會妄想一些雞毛蒜皮的事，然後打從心裡以為發生過了。」
「譬如？」
「譬如我們見面的地方其實是書店而不是麥當勞。然後還吃了一盤挫冰
之類的。」

我笑了，一定會有人以為妳說自己有妄想這件事才是一個妄想。小時候
的妳就是這樣，所以常常讓我生氣。我常常搞不清楚妳究竟是認真的還
是在開玩笑，故意編造一些根本不存在的事。我總是失去耐性，然後粗
魯地叫妳不要再來找我了。

「我有一陣子，記憶很混亂。好像刻意遺忘很多事。所以我們可能是在那段時間見過面。」我說。

「我記得妳說跟男朋友吵架後會跳車。」

「妳腦中最後留下的就是我跳車的畫面。」

我們一起笑了幾聲，各自喝了一口眼前的飲料。

Page 3

所有的情感，都可以用字掩埋起來。
反正我們多的是。

我們吃了一整包用錫箔紙包的巧克力後，才想到其實可以拿到班上分給同學，再回收錫箔紙就好。我覺得收回來的錫箔紙恐怕不會完整，妳覺得既然要廢物利用，就得真的按照程序，破碎自有破碎的拼法。我很快就被說服了。

之後，我們花了一整個下午，把回收來的鋁箔紙，用白膠糊在報紙上。然後又不知道吃了多少顆巧克力，以填補其中一些縫隙。有好一陣子，我看到巧克力時牙齒都會立刻感覺痠痠的。我們望著皺皺銀銀的底面，一邊等白膠乾，一邊撕著手上乾掉的透明薄膜。妳把鼻子靠過去聞了一下，我問，有巧克力的味道嗎？妳說，沒有，有一股血銅味。

後來，妳又去撿了很多枯葉，試著拼出一片透出銀色天空的草原。我們都很滿意，最後卻沒把作品交出去。

「我記得頗有世紀末的絕望感。最後葉子都掉光了，剩下一片慘銀。」
我說。

其實葉子不是自己掉的，是我一片一片扯下來的。我只記得收到一張妳的字條，然後不知道發生了什麼，回過神來整張黏好的葉子都不見了。

妳說妳什麼都不記得了。

那是一個暑期夏令營，我們認識的第一個暑假，一起做了很多事。

「如果妳不提，我差點忘了自己去過那個夏令營。」
我靜靜地看著妳。
「坦白說，我甚至還有點擔心妳會不會根本忘了我。」
妳低頭說完，視線轉向窗外。

其實妳從來沒有機會真正認識我。我在妳腦子裡應該只是個五官模糊的影子，或許拿燈照一下就會變成透明的。而我腦子裡的妳，也停留在那個夏令營的幾張照片，妳好像總是在笑，一副一點都不擔心自己拍出來會不好看的樣子。妳腦中追逐的人，讓妳感覺紮實存活著的動力，也不過是妳自行捏造出的樣子，只是在那個成長的初夏，套上了我的名字。

一切不過是剛好而已。剛剛好。

Page17

把細紗糖放在破了一個洞的口袋到處走走吧。

（然後呢？）

看看碎成粉末的我能不能黏在地上不被你踩過。

夏令營結束後沒多久就開學了。每節下課，妳就會跑到我班上外面的走廊等我。一開始我看到妳就會跑出來問有什麼事，妳開始講剛才班上發生了什麼事，誰誰誰上課寫紙條被老師拿起來念給全班聽。我有時忙，看到妳站在外面還是會不情不願地走出來。

什麼事？

沒事啊。

妳如果看到我臭臉就不敢說那些無關緊要的話，卻也不願意離開。漸漸地，我假裝沒看到妳站在外面，背對著窗跟朋友大聲嬉鬧。妳依然掛著不自覺的微笑，用手指在窗台的灰塵上面畫畫，或是寫著什麼字。有時心血來潮，我會走出去，大聲問，怎麼啦？妳偶爾會冒上幾句話，但兩個人都不知道對方在說什麼。

「這樣聽起來，我覺得自己可能是刻意去忘記最後到底發生了什麼事。」

「其實沒有發生什麼事,也沒有所謂的最後。不知道為什麼,就變成陌生人了。」

妳喜歡和成群的朋友,在我們班外的走廊上嬉鬧。妳的聲音很好認,每次一聽到,我就會把頭轉向,背對窗外假裝問同學問題。我也不清楚自己為什麼要這樣疏遠妳,還是常想到夏令營我們蹲在地上貼鋁箔紙,玩二選一的遊戲。

麥當勞和肯德基。
麥當勞。

小丸子和蠟筆小新。
蠟筆小新。

放假的下雨天和出太陽的考試天。
出太陽的考試天。

失憶症和不治之症。
失憶症也是不治之症吧。

那⋯⋯癌症。

癌症。

為什麼？

我不想忘記。

這個遊戲慢慢變得不那麼有趣。回答完後，我們會有好一陣沉默低著頭做自己的事。通常我會忍不住打破沉默，找藉口去拿個什麼東西。等到再回來，好像什麼都沒有發生過。有時，也就不會再回來了。

「這和妳記得的差很多嗎？」我問妳。

「差不多，大概是從那時開始，我覺得我的人生就一定要追著什麼才有活著的感覺。但好像怎麼樣都追不到，有點手足無措，卻又不願放手。」

「我今年在寫那個故事時，第一次有一個想法。」

「什麼？」

「如果我們稍微晚個一兩年才認識，或許故事會不太一樣。」

「妳寫的是什麼故事？」妳問我。

「不小心混了太多東西的故事。」

「為什麼不小心？」

「有些東西，得充分被定義後才能發展下去。」

Page 39

很安靜的心裡，並非空無一物。

再出現的妳已經完全不是以前那個總是將自己置身於反覆追逐失落的樣子。妳的企圖不再具有攻擊性，不需要想盡各種方式撥惹別人，或是極盡所能讓別人聽見妳、對妳產生反應，無論好壞。妳不再渴望被看、被聽、被愛、被擁有。妳的腦袋裝著別的東西，是關於這個世界的殘破難堪，妳總在思索那些細縫該如何填補起來、如何抑止、如何不再讓滿懷信心的人遍體鱗傷。

相較起來，我依然是我。碰到不順心的事情，還是無法一副就算了的表情。對平凡的小事物，偶爾會露出忘我的一臉任性。生活中輕巧的記憶回流，總不知不覺刺激著我的食慾，我不是真的感到餓，是潛意識期待能被填滿，努力保有天真散漫不計後果的魯莽模樣。

跋

那天拿了一根棒子，狠狠將她敲碎。又急急忙忙撿拾那些碎片。
一撿，就是二十年。

我們的故事像一幅拼圖，我一直想把它拼出來
拼著拼著卻不知怎麼有點想放棄了。

我向過去走，遇見走向未來的妳，
妳說妳其實不知道要走去哪。
我轉向未來，卻遇見走向過去的妳，
妳說很想念我。

於是我能等妳的時間，比妳能等我的長。
這就是一個故事的開始（或結束）。

Honey

走回旅館的路上，你經過一間酒吧，門口坐了一個流浪漢。他說他三天沒有吃東西了，卻看起來比你還壯。你走進酒吧，掏出口袋裡所有剩下的歐元，請店家給你一些食物。店裡全是落單的客人，稀稀落落抬頭看著一點都不精彩的足球轉播。你看見酒櫃裡鏡子反射出自己的樣子，你把大衣的領子豎了起來，她說這樣看起來才有精神。

酒吧給你一些麵包和湯，你拿給流浪漢。他請你抽菸，你猶豫一下，接過菸，站著抽了起來。流浪漢手裡捧著你給他的麵包，蹲在地上也抽他的菸，遠遠看來你們像一對好友，剛喝完酒，手裡打包的麵包打算拿回家餵狗。

流浪漢說今晚的天氣真好，星星都很清楚。
你知道那只是一句簡單的寒暄，你常在機艙裡看著雲海，滿布星星的夜空，透亮清澈的月光，全是一般人看不見的美好風景。你突然覺得見過的那些無與倫比的景象，都不如流浪漢眼下的美麗夜晚。

那晚，你們第三次見面，喝得很醉。

你送她回家，一出酒吧她自然勾著你的手，她的乳房貼著你的手臂，你伸出另一隻手握住她的手，很冰，你把她勾著的手掌夾在你的腋下，你說，這是全身最溫暖的地方，你們對看一眼，笑了。隔著厚重的外套與潮溼的冷空氣，那是你們身體最靠近的一次。她哼起一首歌，不知名的曲子，也許是自己編的。你想著自己是世界上唯一聽過這段旋律的人。

哼著哼著她把手慢慢抽離，你將雙手插進外套的口袋裡。一不注意，她偷偷把腳伸向你前面絆住你，你差點摔倒，她大笑又往前跑了幾步。

「我得一分。」她說。

再三個路口就到她家了。

「我們來比賽，誰絆倒誰就能得到一分。」她說。

你陪她玩，每走幾步兩個人都會停下來，誰也絆不倒誰。你索性大步前行，她穿著高跟鞋吃力跟著，好不容易超前就要伸腳絆你，你被絆倒三次，只假裝要絆倒她一次。她被絆住，另一隻腳的鞋跟卡在凹洞裡，在她差點整個人落地前，你接住了她。她的臉埋在你的胸前，悶著頭說，你贏了。

你送她回家，她跑去廁所吐，你頭暈靠著門站著，回想剛才到底喝了多少種酒。她吐完喚著你，你扶她走進房間，她又伸腿絆你，你整個人摔在床上，她倒在旁邊笑瘋了大喊，我還是贏了。

你躺著，站不起來，轉頭看她的臉。

很近看著她的時候，你會想起一些從沒想過的事，你想起小時候媽媽幫你漏氣的籃球上貼了一塊藍色膠布，夏天家門口那一圈圈的綠色蚊香，還有奶奶乘涼的破藤椅邊插出一根根的破藤。

她閉上眼睛，隨時準備要笑的樣子。你們都知道今晚不會發生什麼，現在不會，或許以後也不會，但你們是那麼喜歡彼此。

你吻了她的額頭，自己去廚房喝杯水，也倒杯水放在她床頭。你第一次到她家，跟想像中的差不多，像是一個熟悉的房間，開了門可以通往任何地方。裡面一股淡淡的木質味，是她的味道。離開時你把門反鎖好，豎了豎衣領，感覺醉意開始慢慢消退。

有時喝醉的感覺會在你清醒時出現，你回想那天你們一起躺在床上，不記得那時有沒有想起你死去的老婆。但此時的你，同時想著她和她，如果可以，你想讓她們認識。想了想，苦笑甩甩頭。

你熄了菸，看到前方馬路中間有坨突起的黑影。你想也許是老鼠，或松鼠，在慌忙竊取食物的過程被車撞到，可能再過幾個小時，牠會被輾成扁平的肉餅，明早陽光出來後就會被曬乾，遠遠一看只會以為是塊污漬。

你跟流浪漢要了一個塑膠袋,走向那坨黑影。結果那不過是一隻遺落的手套。你本來對一個小生命的哀悼心情,轉而對著一隻手套。你撿起手套,抖了幾下,遞給流浪漢。

她認真問你有沒有抽菸。
你說有,她向你要了菸,聞了聞。
那是你們第一次見面吃飯,等著最後的甜點。

「等會兒吃完,你會需要抽菸嗎?」
「如果妳不介意的話。」
「完全不會介意。」

她說她一直在找一種菸草的味道,那是小時候她遇過的一個人。

大概在她四年級的時候,每天放學後,她會和朋友到附近的公園玩盪鞦韆。那時她們個子都很小,喜歡站在鞦韆椅上盪得很高很高。公園裡有一個男人,總帶著一隻很漂亮的牧羊犬坐在一旁看她們玩。有時牧羊犬嘴裡咬著一顆球,男人把球丟向鞦韆的方向,他的狗就會向她們跑來。

她的朋友不只怕狗，更怕那個男人。她一點都不怕，撿起球，往男人的方向丟去，狗就會追著球跑回去。每天，男人和狗都在。她朋友覺得害怕不敢去，後來只剩她一個人去玩。

她自己盪鞦韆可以盪很久，有時越盪越高，她會從鞦韆上跳下來，尤其是她感覺那個男人在盯著她看的時候。有一次，她沒抓好時間，摔了下來，小腿膝蓋全擦破皮，她自己嚇了一跳，坐在地上不知道怎麼辦。狗叼著球走過來坐在她面前，男人站在她身後。

「每次看妳這樣玩，我就知道會有這麼一天。」男人說。
她沒有說話，忍著傷口的痛，忍著不哭。
「得趕快先把傷口的沙子沖掉。」
男人帶她到公園的水龍頭沖洗。
「很痛，忍耐一下。」
她扶著狗狗的身體的手，後來變成抓著狗的毛。狗甩開她的手，卻一直舔她的臉。她忍著，沒有吭聲，也沒有哭。
「哇，好倔強的表情。」
她用袖子擦乾被狗舔得滿臉的口水，順便偷抹眼角滲出的淚水。
「這幾天都不能洗澡喔，趕快回家擦藥。」
她摸摸狗的頭，走回鞦韆旁撿起自己的書包，上面全是泥土。
「等一下。」他叫住她。
「妳媽媽在家嗎？」他問。
她搖搖頭，背上背包。他伸手幫她拍了拍包包上的泥土。

「家裡有大人嗎?」

她搖搖頭。

「那妳在這裡等我,我去買藥。Honey,你在這邊陪她,等我回來。」

說完他就走了,留下她與他的狗。

「你叫 Honey 啊?」她摸摸 Honey 的頭。

牠的尾巴在地上掃了好幾下,嘴裡刁著球。她拿出牠嘴裡的球,往外一丟,牠立刻追出去,她發現自己丟得太遠,Honey 不見蹤影。她坐在鞦韆上,就只是坐著,等了很久,Honey 還是沒有回來,男人也沒有回來。

她開始擔心自己把球丟向馬路,Honey 或許會被車撞死,或是被人家抓走,或是找不到回來的路。男人回來後會很焦急,她會不知道該怎麼跟他解釋。如果她現在就逃回家,以後放學再也不經過這個公園,也就不用解釋不用負責。她背著書包離開公園,等紅綠燈的時候到處張望有沒有 Honey 的身影。男人從馬路對面拿著一個醫藥箱走了過來。

「妳的傷口還在流血。」他說。

「我在找 Honey。」她很快接話,心臟跳得很快。

「牠自己會回來。我們去那邊坐下,我幫妳消毒一下。」

她跟著他走回公園,安靜看著這個男人幫她消毒擦藥。

處理完,男人叫她趕快回家,她說要等 Honey 回來。沒說自己把球丟向馬路,Honey 可能被車撞死了。男人掏出菸,抽了起來。那是她第一次那麼近聞到香菸的味道,不像別人說的那樣臭,聞起來有焦糖醬的味道。

你很好奇後來 Honey 到底有沒有回來。她說下次見面再告訴你，故事總
不能一次說盡，說完了，就沒理由見面了。
「見面哪需要什麼理由。」你說。
「真高興認識你。」她笑著揮揮手，你點點頭道別。

朋友們立刻打電話給你，非常關心他們安排的相親結果。你告訴他們，
一切都很好，而且你沒有提起自己車禍死去的老婆。並不是刻意隱瞞，
只是怕嚇到她。一個人突然從你的生命裡消失，你明白的是自己將再也
見不到她，而不是永遠失去她。每當你說自己並沒有失去她，朋友們就
會憐憫地拍拍你，他們以為你在喪妻之痛裡走不出來，你無法跟他們解
釋，其實從來沒有需要走出或走進哪裡，風平靜止有漲有退的潮，你不
過是一艘小筏，沒有槳，也無所謂。

第二次見面，她約你去聽一個演唱會。那個歌手你根本不認得，她說她
也不認得，別人送她的票。聽到一半，她說要去上廁所，你們走出來。
門口的工作人員拿一個印章往你們手背上蓋，黑黑的一坨，看不清楚是
什麼。上完廁所，你們不想回去了，提議到附近小酒館吃點東西。

那天她一個人說了很多話。

「小時候我家裡沒有時鐘，所以我到很大才搞懂時間是什麼。我很喜歡玩水，洗澡時媽媽會把浴缸接滿水讓我在裡面待著，她們總是說只能玩十分鐘，我以為是從一數到十的長度，所以我就故意數得很慢。我也不懂年紀，她們說我三歲、五歲、十歲，我一點感覺都沒有。我從小看人只看眼睛，需要抬頭看的就是比我大，低頭的就是比我小，多大多小就依照抬頭的角度判斷，通常都是憑感覺。所以從小都以為動物一定比我小，甚至連那隻叫 Honey 的狗都是。我們等 Honey 時，他問我剛才是不是準備離開，我說因為我不確定他真的會回來，也猜 Honey 可能跟著他走了。他說不管怎麼樣，都不能沒搞清楚就離開。我覺得他完全讀出我心裡的想法，對他感到有點抱歉。我小小聲說了一句對不起。

他一邊抽菸，一邊又問了我很多問題。譬如我幾歲，喜歡吃什麼東西不喜歡吃什麼東西，在學校有沒有好朋友，最喜歡什麼科目最討厭什麼科目，以後長大想做什麼……這類的問題。我說我七歲，喜歡吃花椰菜討厭洋蔥，最好的科目是自然最壞的科目是歷史，長大想要當媽媽。他說怎麼可能，Honey 都八歲了，我至少應該十歲才對。」

「我說那就十歲吧。我不喜歡講太多自己的事，因為我不知道怎麼跟別人解釋一些他們不太瞭解的事，譬如，我沒有時間的概念，或是我們家沒有爸爸只有媽媽。」

她說話的時候你不看她，這樣你才能專心聽。
她用指頭抹著杯緣上的鹽巴。你幫她再點了一杯。

「你覺得這個印章的圖案看起來像不像一隻蜜蜂？我媽媽的頸後都有一個蜜蜂刺青。很小的時候我問她們，為什麼我沒有遺傳到那個刺青？她們說，那不是遺傳，那是要靠自己找到的圖案。」

你看著她輕輕搓著手背上的印章，想像她媽媽們的樣子。

「其實，我從來不覺得我少了什麼，和別的小孩相比，我只是對什麼都充滿好奇，所有新穎的事物都能讓我非常興奮，而且充滿好感。就像我第一次聞到菸草的味道覺得是甜的。」

她的樣子她說的話，似乎正在重新提醒你該如何重新去感受。

「我們永遠沒有辦法真的瞭解另一個人。我小時候如果做噩夢，就是會夢到一頭巨大的牛，每次我媽媽問我做了什麼噩夢，我哭著說有牛。她們就會大笑，說牛有什麼好怕的。我當然沒有辦法解釋我的恐懼，感覺總是充滿形容詞，但那是無法只是形容給另外一個人聽的。」

「我愛過很多人，到現在都還愛著。有時想到他們還是會覺得很開心，但我總是好奇，這樣就是愛嗎？會不會遇到一個人，想到他時會有莫名傷心的感覺。因為每當我回想起公園的那個男人，會有一點傷心。可能是因為後來太晚了，我沒有等到 Honey 回來就回家了。我隔天放學回去公園，但沒看見他們。後來再也沒遇過他們。真的很奇怪，之前他們是天天都在的，只是不知道是從什麼時候開始的。」

「我問 Honey 是什麼意思。他說人們會很親密地叫喜歡的人 Honey，Honey 是蜂蜜的意思，親密的人會像蜂蜜一樣黏黏的。我那時腦海就浮現出我的媽媽們，她們就像被蜂蜜黏住的兩隻蜜蜂。不知道從什麼時候開始，我開始困惑，我總是開開心心愛著一些人，卻從不曾經歷那種黏膩的感覺。我並不是有多渴望或羨慕，只是單純想知道所謂黏膩的東西，是不是在這世界的某處，或是我身體的某處。」

你知道許多人把很多東西都稱之為愛，問候、擁抱、眼淚、擔憂、犧牲、責備、成全、回憶、情書、美景、金錢、食物……愛在人們口中以各種形式存在，但對你來說那實在太過複雜。你覺得愛就是一個字：你，我，或是他、她。

你很清楚她在說什麼，但黏膩的後面還帶著撕裂的風險，那個男人沒有告訴她，十歲的她也沒有機會見過，甚至眼前這個已經長大的她，可能都不明白還有這樣的東西存在。撕裂留下來的疤痕形狀不會一樣，但一定會先流血。

「有人說活著的永遠贏不了死去的，因為留下的人永遠不敢真的放下。所以他們說你什麼都好，就是太太過世……我從不覺得這會是問題。你不需要在冬天裡找夏天，或是秋天裡找春天。你覺得冷的話，就多穿點衣服，熱的話就去游泳。這是我媽媽她們教我的，我們從來不去對抗什麼，也可能是因為我們現在擁有的已經是她們用盡所有爭取來的了。」

你回到旅館,洗了很熱的熱水澡,反覆想著她的樣子,她説的話。

你很容易入睡,做著夢。夢常常都是舒服的,所以總期待睡覺,而不太願意醒來。醒來時總要好一會兒才能想起自己在哪裡,你在不同城市醒來,世界各地的旅館都大同小異,你只需要記得機場的樣子。

明天,就會回到有她的城市,你想著她的聲音,閉上眼。你有點不願入睡,想多想像一些關於她的事。

「想像」這件事對你已有些陌生,但這是每個人天生都會做的事,只要稍稍熟悉一下就可以了。

你轉身關了燈,將很快入睡。

明早當你醒來時,會立刻想起自己將要往哪裡去。

Honey 後來回來了,沒撿回牠的球。

牠發現小女孩已經走了,似乎有點沮喪。

我説:「我女兒很可愛吧。」Honey 豎起耳朵搖搖尾巴。

那是她十歲的樣子,現在她已經二十八歲了。

Honey 走了,她大概也認不得我了。

暫時無法安放的

早上，妳說，很快要下雪了。

不會的，我們的國度裡看不見雪。

不，你聽，雪即將落下的聲音。

我撥開妳眼睛上的劉海，一滴淚正好滑下，我用大拇指輕輕抹開妳顴骨的淚痕。

白色的窗簾拉開，陽光灑了進來，塵埃在空氣中旋轉，妳輕輕吐了口氣。

她們被吵醒了，扭曲了臉準備大哭。

妳說妳五歲時拿了一顆雞蛋，放在鋪滿衛生紙的小紙盒，每天用檯燈照著。妳說妳要生小貓了，期待有一天蛋殼會裂開，然後探出一張臉，睜著眼睛看著妳。好幾次在深夜，妳以為聽見蛋殼裂開的聲音，驚喜地跑到盒子旁邊，妳不敢碰它，便輕輕吹氣想移動它。妳想像要撿拾草地的乾樹枝幫它蓋房子，用滴管把自己的牛奶分給它，讓它睡在妳的枕頭旁，它會像所有的孩子一樣跟妳哭鬧也對著妳笑。

妳想著自己肩負重任，將被需要被等待，越想越覺得迫不及待，忍不住把檯燈壓得離蛋更靠近些。

有一天，回家時紙盒不見了。妳跑去問媽媽，媽媽說蛋破了，裡面什麼都沒有。妳在床上躺了一整晚，一直聽到蛋殼破掉的聲音。

什麼都沒有了。妳說，又一滴淚滑了下來。
我抱起出生不到三天的小軀體，嘴唇忍不住喃喃地顫動。
妳看著我，突然放聲大哭，喉嚨發出嘶啞奇怪的聲音。
我摟住妳的脖子，把妳的頭埋向我的胸口。
一切，終於安靜下來了。

妳，她們，兩個小小的嬰孩。
全在我的懷裡，安靜下來了。

睡著的女人

我的妹妹只小我一歲，所以從小我就開始練習吵架。差一歲實在不多，體格智商都不相上下，有時我贏有時她贏。就算我們吵到互扯頭髮，爸媽都非常有默契地從不干涉。有時一方明顯犯了錯，另一方跑去告狀，他們也只會淡淡撇下一句：自己的問題自己解決。我後來想，這應該是爸媽用心良苦的教育方針，讓我們學習獨立應變，不仰賴任何權威。這種結果讓我倆在學校成為小鬼頭，從小學一路到高中。

從小我們就形影不離，打打鬧鬧都還是牽著手上學。我們長得不像，所以從沒被說是雙胞胎，因為體型差不多，所以幾乎無從判別誰是姊姊、誰是妹妹。妹妹也沒有總是承接舊東西的問題，反正買衣服時，媽媽會讓我們自己選，如果想換穿對方的，也是一樣私下自行解決。所以聰明的我們很快就發現，如果什麼東西都一起選兩個不同樣式的，就可以有雙重享受。慾望互補的時候，我們就說以後也要生兩個女兒而且只能差一歲。慾望衝突的時候，我就說以後要生一男一女，而且最好差十歲。她就說，我什麼都不要生，小孩子麻煩死了。

我們的個性很不一樣，可能是星座不同，我是牡羊座她是雙魚座。發火的條件不同，我的邏輯線是直的，她的邏輯線成噴霧狀。

家裡玄關掛了一幅油畫，是一個女人半裸著肩躺著的半身像。從小她就

很怕那幅畫，因為她說那個女人死了，一進門就看見死人。可是我怎麼看都覺得她是在睡覺。從小妹妹進門要不就低著頭衝進房間，要不就撇著九十度的脖子避開視線大喊，我們回來了。我每天進門看著那女人，覺得要睡得那麼美也實在是天分。

我很早就意識到美這件事。因為從小出門遇見爸媽的朋友，他們都會忍不住誇讚妹妹很漂亮，然後才補上一句我很可愛。我第一次發現我們的差別，不是在臉上。有一次半夜我踢被子冷醒，看見隔壁床的妹妹規規矩矩躺得好好的，臉上甚至帶著微笑。我從地上撈起棉被時，想到故事書上那張睡美人的插圖。我平躺下，把被子拉過胸口，雙手伸出食指交錯放在肚子上，學習一個美麗的睡姿。每天都期許自己要這樣入睡，直到後來我看見外公躺在棺材裡就是這樣的睡姿，才改變主意。

我不敢說自己沒有把妹妹比較漂亮這件事情放在心上，因為上國中後，我像中邪般拼命唸書，計較著每次考試離滿分差了多少，這種心態或許是一種潛意識的反擊。我提出需要自己讀書的空間，於是爸媽把客房整理成妹妹的臥室，我和妹妹正式分居。

我變成一個功課傑出講話精簡的好學生。妹妹功課一般，但不善言辭總用笑容回應的她，才真正成了學校的風雲人物。上國中後，我的身高沒有太大的動靜，維持在精準的一六〇，而妹妹國中畢業時已經長到一六八。她擔心再兩公分就破一七〇，我擔心掉兩分就變全校第二名。

這樣回想起來，妹妹的存在幾乎佔掉我在家的大半注意力，又因為爸媽的三不管教育策略讓我們從小沒有企圖爭寵，甚至有點忽略爸媽在我們成長過程的重要性。當然他們的婚姻關係也沒有什麼好令我們頭痛的。爸爸在銀行上班，媽媽在教畫畫，我們一家四口每天一起吃早餐一起吃晚餐，吃完晚餐爸爸和我們姐妹倆輪流洗碗，每週日晚上投票表決去一個餐廳外食，偶爾大家一起看電影或租錄影帶回家看。他們不會像美國電影裡摟摟抱抱，也不會像台灣八點檔裡面互打巴掌。遇見重大事情，譬如選志願什麼的，爸爸就主持家庭會議，大家互給意見投票表決。我印象中從沒看過他們吵架，或許有我也沒注意到。我的專注力全都在妹妹身上，後來在功課，再後來，才在一個男生身上。

其實那是一個非常普通的初戀故事，就是我偷偷暗戀了一個同年級的男生，有一天，那個男生突然出現在我家門口，我看到他的時候他剛親完我妹。我不想讓他們看到我，跑去買了一瓶養樂多一口氣喝完，然後又買了一瓶又一口氣喝完。我想到有人說，不能一口氣喝下六瓶養樂多，你一定會吐。我喝了三瓶就不想喝了。我進門時第一次覺得那幅油畫的女人真像是死了，然後立刻到廁所拉肚子。

我妹完全沉浸在戀愛裡過了頭，甚至忘記告訴我她交了男朋友。她開始常常不回家吃晚飯，週末也不跟我們上館子。爸媽好像也沒怎麼過問，生活跟平常沒什麼兩樣。當爸爸第一次開口問我有沒有交過男朋友時，妹妹已經決定要跟那個男生訂婚，然後一起出國唸書。

「我一直以為會出國唸書的是妳。」爸爸說。

「我覺得工作比唸書更刺激。」我說。

那時我已在一家外商廣告公司實習，大學還沒畢業就一堆工作等著我。我讀太多書了，而妹妹才終於要開始讀書，她連英文推薦函都是我幫她寫的。

「妳們姐妹倆真的很不一樣。」爸爸說。

「我很開心看到她想繼續唸書，我超怕她跑去出道當藝人。」

「她絕對有這條件。」

我覺得這句話聽起來哪裡不對勁，我感覺爸爸的聲音裡有一股不自然的高亢，好像在壓抑著什麼訊息，似乎與我有關。我們的沉默讓我緊張起來，不知道為什麼，我想起第一次在學校看見那個男生（現在是妹妹的未婚夫了）的畫面，那是從我喝完三罐養樂多後就再也沒有回想過的。

我和爸爸幾乎同時開口。

我讓爸爸先說，他使勁壓低那股躁動，臉都皺了起來，他說：

妳妹妹不是我的孩子。

我應該要感到驚訝，卻開始仔細回想生命中其他驚訝時刻後的一小段回神時間，有一種「其實似乎也預料到」的恍然衝了上來。我的恍然被推擠到第一時間，好像我早就知道一樣。是的，一點都不意外，妹妹的皮膚和樣貌早已將我遠遠撇開，她甚至連髮色都比我淺，更別提那多了十幾公分的身高。

「我想過永遠都不要說⋯⋯」

我當然想問，那她的爸爸現在在哪裡這些很實際的問題，但我沒有，我看到爸爸的眼睛濕濕的。

「妹妹的男朋友，是我的初戀情人。」我用一種交換秘密的方式試圖溶解現場的氣氛。

我爸笑了，我成功了。我永遠都會成功。

「傻瓜，初戀情人要交往過才算。」爸爸說。

「是嗎？有這種規定啊？」我遞了張衛生紙給爸爸，假裝對著天空伸一個懶腰讓他擦眼淚。回想起來，我真的很少跟媽媽或爸爸單獨相處，開始讀書前我的時間全都跟妹妹一起。

「爸，我問你，你覺得我們家玄關那幅畫裡的女人，像死了還是睡著了？」

爸爸想了一下說，「我從沒想過她像死了。誰會那樣畫一個死人呢？」

「妹妹從小就覺得那個女人像死了，所以每天進門都很害怕。」我說。

「怎麼從沒聽妳們說過？那我把它取下來好了。」

「嗯。」

但是，她現在還怕嗎？

每晚，妳總歪在床上看書。

我們會說一會兒工作，說一會兒女兒，說一會兒今天明天。

撐不住我就會先睡著。

有時凌晨醒來，發現妳還在看書，問妳怎麼不睡。

妳噘一下嘴發出一聲悶哼。

妳的嘴，像一個龐大的句號，截斷了這一生妳本來要跟我說的話。

妳不睡覺，只做夢。

夢裡妳深深相信自己的破裂終有癒合的一天，

「希望的美夢」狠狠禁錮了妳。

如果我們認清一切將無法扭轉，

是否才能重新開始學習快樂？我常這樣問自己。

再過幾個小時，就是清晨了。

親愛的，晚安。

白色木盒

我們找的房子，就在學校附近。那整條小徑山坡上的房子，只有我們這一棟是白色的，沿著山坡開車上來，第一眼就會看見。像一個長方形的白色木盒插在土裡，上面罩著一片屋頂。我始終覺得我們的屋頂比別人家的斜。

「可能是角度的關係，如果妳從山上往下看就不覺得了吧。」
「我試過了，那看起來更斜。」
「沒關係，斜好。這樣冬天下雪就不會積太厚的雪。」

最後他總是說「沒關係」，算是一種充滿善意的終止語氣。一開始我覺得那聽起來是一種包容，後來漸漸覺得那像是拒絕，將我的想法阻擋在籬笆外圍，好像我所看到的世界都與他無關。然後我的腦中開始醞釀著忿怒。

「不是什麼好不好，我就只是說，比較斜而已。」

之後我們將會沉默好一陣子不再說話。他知道我會突然不高興，但不確定是自己說錯什麼惹到我，只好一臉苦相跟著應和沉默。這樣的情況，來到美國後越來越嚴重。

他是我的未婚夫。我們念同一所高中，他大我一屆，高二時他妹妹跟我同班，他總是在他妹妹不在的時候來找她，我的位置就在教室門口，總得應付這些訪客。我告訴他，他的妹妹不在。他說，嗯，沒關係。然後就走了。這樣大概維持了一整個學期，他開始跑來班上找我，而不是找他妹，後來他開始下課陪我補習，週末陪我唸書。等我也上了大學後，他帶著我跟他的朋友們見面，每次都是一大群人，我靜靜地在旁邊看他們打球、說話或吃飯。聊天時，他只要提到我一定會叫我的名字，好像我不在場一樣，每次講到我的名字時，都會轉頭看我一眼。

我第一次發現自己看待世界的結果跟別人不一樣，是從家門口那張女人的油畫開始的。其實所謂的「別人」，就是我姊姊，我沒有什麼朋友，從小說最多話的人就是大我一歲的姊姊。之後遇見我的未婚夫，才發現所謂的與別人不同，大概就是所有人了。我說畫裡的女人死了，姊姊說怎麼看都像在睡覺，叫我不要害怕。我有說我害怕嗎？為什麼她決定我是害怕的？若真要說一種情緒，是生氣吧，我氣為什麼家門口要掛一張跟死亡有關陰鬱沉沉的畫。我寧可進家門看到一個俗氣的大花瓶，裡面插著幾枝滿布灰塵的假花都好。爸爸說那幅畫是媽媽在一個二手雜貨店買的，她很喜歡。媽媽的品味永遠都讓我匪夷所思，為什麼要買一個垃圾回家？畫中的女人雖然看不清楚五官，我卻覺得很像媽媽。

每當我覺得惱怒時，總會想到那張畫。

來美國前，我和未婚夫從來沒有一起睡過覺。睡一整夜的那種。小時候我跟姊姊一起睡在同一張雙人床上，上了國中後的某一天她開口說需要自己的房間，我記得那晚下很大的雨，打得雨棚都快破了，我還以為我聽錯了。爸爸很快把客房騰出來，卻不知道要誰搬過去。我說，我去吧。從那時開始，我覺得自己睡得很輕。

剛到美國的時候，總是很難入睡。他答應會等我睡著他再睡著。他喜歡用手臂環著我，讓我蜷縮側躺把頭枕在他手臂上，不過這個姿勢很難讓我真正入睡，所以當我被他環抱後，我會先調整到一個舒服的角度，然後開始數我的呼吸或是他的呼吸，等我數到第一百下後，就會慢慢挪移開我的身體躺平。通常在這一百下裡面，我會感覺到他差點睡著。他發現自己不小心睡著後有時會突然驚醒，立刻轉頭擔心吵醒了我，有時我假裝睡著，有時我假裝被吵醒。他重新施力給環抱我的手臂，好像為自己不小心睡著而道歉，緊緊摟住後再輕輕放鬆。我得使盡全力忍住不去笑他，他如此認真執行著不先睡著的承諾，就算身體偶爾會背叛他。

我常在半夜醒來，會突然忘記我在美國，忘記我身邊睡了一個未婚夫。我在黑暗中輕輕地轉向他，他睡覺時眼睛不會完全閉起，卻睡得很沉，任何聲響都不會吵醒他，我用手輕輕扯他的眼皮想讓它們闔上，他在睡夢中伸手把我的手抓住滑過他的嘴巴，然後牽著繼續睡。我總是驚訝他在睡著時都不會忘記我在旁邊，不會忘記我是誰。

但那個人就不一樣了，所有其他的人都不一樣。有一次，那個人在睡午覺，我想叫醒他，手腕竟然被折傷。他立刻清醒，一臉心疼又抱歉，手一勾把我整個人捲進被子裡又親又摸。我說，你怎麼睡著就不認得我了？他說，如果妳每天晚上都跟我一起睡覺我才會記得。我用那隻受傷的手摩擦他下巴的鬍渣，敷衍一笑。他起身拿冰塊敷著我的手，解釋說這是學武術的身體反射動作，要我別覺得難過。我有說我難過嗎？若真要說一種情緒，就只是覺得有趣，這種不用經過大腦的激烈反射動作，讓我在那一刻覺得他充滿了吸引力，讓我想要他。

我從來沒有在他那裡過夜，也從來沒想過。剛開始他要我離開我的未婚夫，我說不可能，然後他消失了，我以為我們結束了。幾個月後他又出現了。他說，我有信心讓妳離開他。我聽了覺得有點想笑，要離開一個人太容易了，真正困難的是跟另一個人在一起。或者說，我從沒有跟任何人在一起的概念，交往、婚姻對我來說跟「在一起」其實都無關。那個人不懂，我未婚夫也不會懂，沒有人明白這個重點。想一想我開始生氣，甩開手上的冰袋，冰塊散了一地。我又想起家裡玄關的那幅畫。

「我去圖書館。」我們才剛進門，我拿起車鑰匙又準備出門。
「那，晚上一起吃飯嗎？」他把在超市買的食物放進冰箱，大概還在回想剛才到底說了什麼讓我生氣。他已經想了快二十分鐘，真可憐。
「嗯。」

「我看能不能燒一鍋三杯雞。」他擠出一個精疲力竭的笑容。

每次我惱怒的時候，最後就可以看到這種笑容。它不能讓我息怒，卻將心裡一種很深沉的期待填補起來；瞬間會有一股差強人意的親切。我讓自己快速逃離現場。一路上，我都在想那個笑容。

又是那個笑容，又出現了。

我高中二年級時和姊姊代表學校參加一個全國才藝表演。我負責一支傳統羽扇舞，後來校長派我擔任整個表演流程的英文司儀。我第一時間表示自己做不到，也不明白他們為何不找英文更好的姊姊，校長笑笑地說她認為我可以，其他人私底下說只是因為我漂亮擺出去好看。我硬著頭皮苦練，不懂的單字一個一個查，標示所有的重音語調，演出前也跟著彩排了幾次。結果演出的前一晚，我發現姊姊正在背我的司儀講稿。

「妳為什麼要拿我的稿子？」我問姊姊。

「嗯？」姊姊看著我，很快地，震驚與擔心蓋過了一開始那股瞬間的心虛抱歉。

「沒有人告訴妳嗎？」她問。

我低頭看她的稿子，上面做的記號比我的乾淨許多，姊姊認識的單字真的比我多好多。她推開我立刻跑去找爸爸，爸爸打了一通電話給我的導師，隔天一早就去學校找校長。爸爸說，我可以選擇是否還要參加那個表演，他說如果我不去姊姊也不會去了。

「姊姊去，我都可以。」我本來想說我無所謂。

「妳不要去了，好嗎？」爸爸說。

那是我記憶裡，少數爸爸為我做的決定。

「妳慢慢會發現，很多大人做事的方式都讓妳覺得愚蠢到不可思議。」說完他就露出了那個笑容。我看著他那樣笑，忘了告訴他，其實我覺得鬆了一口氣。我沒有覺得受傷或丟臉，請不要為我決定，請千萬不要擔心我。

是媽媽親口告訴我，我不是爸爸親生的小孩。她告訴我的時候，我不知道為了什麼在生姊姊的氣。媽媽說，我告訴妳，妳再不乖，爸爸就會不要妳，我們全部都會不要妳。我本來應該在哭，聽到這句話後，我的眼淚瞬間全被抽乾。我看著媽媽，她瞪著我，那不是在開玩笑。我好想把她的頭髮一根一根全扯下來。那時我七歲。

從那之後，我的注意力開始扭曲。我極其敏感想要找出爸爸對待我和姊姊的不同之處，我找不到，然後覺得開心又氣餒。我開始像隻貓一樣地存在在這個家裡，我盯著爸爸的一舉一動，與媽媽永遠保持距離，小心滿足著將所有關注投在我身上的姊姊。當她說要有自己獨立房間的那一天，我努力不要流露出喜悅。但我立刻發現沒有表現出不捨和受傷讓她有點失望。於是我走過去牽起她的手捏了一下，她巧妙地用了一個轉身把我的手輕輕放掉。那個矯情卻又參雜一股嫌惡的力道，讓我心中閃過一股勝利的感覺。妳再輕，都沒有我輕的。我在心裡喊著。

離開家後，我沒有去圖書館，我去了那個人的家。我躺在他的床上，跟他說了我從未跟任何人說過的這件事。他沉默了好一會兒才說：

「那……如果妳懷孕了，妳會知道小孩是誰的嗎？」

我起身穿上衣服，盯著他的眼睛看了一會兒，走去廁所。

「你害怕嗎？」我問。

「這不是害不害怕的問題，這比害怕複雜太多了。」

其實這一點都不複雜，一點都不。我想衝出去，撕爛他的嘴。

他換了一個輕鬆的口吻接著說：

「妳的親生爸爸真可憐，都不知道自己有這麼美的女兒。」

他赤裸著身體走進來親我，我依然坐在馬桶上，一陣反胃。

他蹲在我面前，把我的額頭靠在他的額頭說：「心疼妳。」

我巧妙歪了一下脖子輕輕推開他的臉起身沖馬桶走出去。再輕，他都感覺到了。他改變語氣問我怎麼了？我收拾東西穿好鞋準備離開。

「我覺得，我的親生爸爸，大概就是你這樣子。」我說。

「什麼樣子？」他說，一臉想要開玩笑又開不起來的表情。

我沒有回答他，把門帶上。

我回家前又繞去超市買了一些東西，進門時我聞到一股濃濃的羅勒香。他在沙發上睡著了。我走到他旁邊蹲下來，很用力扯了扯他半閉的眼皮，他伸手握住我的手揉了揉眼睛。

「我剛才仔細研究我們的屋頂，真的比別人家斜，大概斜了十度左右。」

「我剛才發現原來我們的房子在傍晚看起來不是白色的。」我說。

「那是什麼顏色？」他問。

「透明的。」我說。

「那還得了，全被看光了。」他說。

我擠上沙發躺下，他抱著我，臉埋進我的頭髮裡，鼻息的熱氣規律地潛伏進我的腦袋，我閉上眼睛。突然感覺到一股東西正一波波在我身體裡面流動翻滾著，那些飽和、懸浮、流動各種耗盡我一切力氣的憤怒，正一波接著一波，不夾帶任何抒情式的自憐或憂愁，順著他呼出穿過我腦門的熱氣，漸漸揮發。穿過牆壁，穿過屋頂，消散分解。我深深吸了一口氣，他的身體一起跟著出現浮動，我細細吐著那一口氣，慢到不能再慢，長到不能再長。

不知不覺，我們一起睡著了。

不論我說什麼，妳都點頭。

孩子大了，我們要不要搬去哪個遙遠的地方住一陣子？我問。

妳微微向上看了一會兒，然後轉過身輕輕摟住我的脖子。

這是妳說不的方式，我花了好久才懂。

妳抱著我時，總讓我想起女孩們小時候坐在我的肩膀上。

女孩女孩與女孩，不是女人。

我無法再碰妳了。

我拍拍妳的手，親妳的手背。

很深，很長，像一片寧靜的海，無風，無雨的一吻，

妳就永遠漂浮在上，不用去任何地方。

忘不掉的人

妹妹從國外回來時，媽媽已經記不得自己的名字。她好幾次在爸爸進門時大聲尖叫。爸爸打電話給我叫我過去，因為媽媽不會對我尖叫，只會不好意思地看著我。大多時候她也不記得我，或是把我記成是妹妹。這樣維持了幾個禮拜後，我決定搬回家住。

有時晚上她會跑到我房間擠進我的床，問我，妳姊姊呢？有時她會跑到妹妹的房間，反鎖房門，直到忘記自己為什麼會在那裡，便一臉茫然地走出來。我說服爸爸讓她住進妹妹的房間，也許媽媽反而會在半夜醒來跑回你的床邊。爸爸沒有笑，我其實也沒有想要逗他笑，只是不知道為什麼講完自己勉強地笑了起來。我走進妹妹的房間，從衣櫃裡拿出乾淨的被套和枕頭，準備幫她換上。她一把抓走，自己整理起來，嘴裡喃喃唸著：

「不准碰我女兒的東西。」

爸爸說好要去機場接妹妹，結果在預定到達的前一晚她自己到家了。所有人都嚇一跳，除了媽媽。她很像那些幼稚園等家長來接放學的孩子，看到門打開的那一刻，沒有露出意外的表情，反倒像是鬆了一口氣。她

第一句話就叫出妹妹的名字。我看向爸爸，他不回應我的眼光，卻讓他看起來更不自在。

他對妹妹說，「怎麼沒讓我們去接妳？」
妹妹放下行李，給我們每個人一個擁抱，全是空心的。
「自己叫車回來，很方便。」妹妹說。
「吃過了嗎？電鍋裡還有些飯。」我說。
「沒關係，我吃點菜就好了。」
我依然把剩飯盛到碗裡放在她面前。
「我們上次全家一起這樣吃飯，不知道是多久以前。」爸爸說。
我腦袋其實也在想一樣的問題，我看著坐在正前方的妹妹，等她說話，她沒有說話，慢慢嚼著飯。隔了十五年，她就這麼突然出現在這個家，然後立刻坐下來跟我們吃飯，好像只是加班回來晚了一樣。我想著不知道她在想什麼時，一種強烈鄙夷的感覺突然浮現，其實她在想什麼都與我無關。

帶媽媽看完醫生回家的路上，妹妹說她想開車，我就讓她開。我很久沒有坐在副駕駛座，只是呆呆地看著窗外流動的景象，偶爾望見一些好像有故事的路人，卻又一閃而過。媽媽狀況最好的時候也是這樣呆坐在客廳的落地窗前，瞪著外面的街景，彷彿那是一台電視機。

「妳接下來有什麼打算？」

問這問題讓我覺得自己很笨拙，但因為這也關係到我接下來該怎麼辦，所以不得不開口。妹妹最近剛完成博士學位，離了婚。爸爸希望她搬回台灣，卻說不出口。妳覺得妹妹願意回來嗎？他問我。不會的。我想這麼說，但忍了下來。我說，我來問問。

「其實如果美國能有工作機會還是盡量留下來，只是爸爸擔心妳一個人在那裡。」

「不用擔心。」

「我想在國外待久了可能回到台灣反而更不習慣。」

「妳呢？接下來有什麼打算？難不成真的要跟他們繼續住下去？」

不知道是不是我的錯覺，我覺得她把「他們」兩個字說得很用力。

「我好像沒有什麼選擇喔。」

不論我用多挑釁的語調，都不會影響到她。感覺就像對著空氣狠狠揮了一拳。

「女兒。」

我一直有一個感覺，她這次回來，不是因為媽媽生病。她一走就是十五年，起先我們會打電話給她，都是她先生接的，很少能跟她說到話，爸爸很不高興，卻也不能怎麼樣。最後幾年，逢年過節通上一兩次電話，互相報報近況就不知道該說些什麼。他們離婚的那一年，是她前夫打來

告訴我們的。直到半年多前媽媽生病，她才開始主動打電話回來，也不頻繁，就一個月一通。

「媽媽叫妳。」我說。
她繼續開著車。

我們通的最後一通電話，爸爸告訴她，我也離婚了。那不過是在她離婚後的兩個月。爸爸一定覺得天快塌下來了，才會對她傾訴。兩個女兒突然間全離了婚，老婆不記得他，所有的原因他都不清楚。

「妳為什麼離婚？」她問我。
「女兒。」
「那妳為什麼離婚？」我問她。
「女兒。」
我聞到一股屎味，轉頭看向後座的媽媽，她對著駕駛座的妹妹嘴裡喃喃唸著，好像快哭了似的。
「我們得找間廁所。」我說。

妹妹去美國後的刻意疏離，我覺得受傷卻又不怎麼意外。好像本來就知道，只要一有機會我就會失去這個妹妹，或許從國中要求要有自己的房間的那一刻，就慢慢地失去她了。即使不透過死亡，什麼人你都可能會失去，有些人就是會自己離開，即使是親人。這是我後來才懂的。

三年多前我剛好換工作，中間休息了幾個月，在爸爸的慫恿下，去了一趟美國。住在妹妹家不到一個星期，就發現我睡的客房似乎之前都是妹夫在睡。房間會留下人的味道，雖然櫃子騰出許多空間給我，但剩餘的東西全是男人的衣物。那時妹妹在一家遊戲公司工作，妹夫在大學當助教。我們三人會一起吃早餐，然後我坐妹夫的車一起跟他去學校，參加短期英文課程。妹妹常常加班，只剩我和妹夫一起吃晚餐。他們的廚房只有簡單的鍋具，我為了下廚陸續添購了許多調味料及廚房用品。妹夫開心地（我覺得）載著我往返鎮上的中國超市，說好久沒有吃到家鄉的味道。其實我也不太會做菜，所以總打越洋電話回台灣問媽媽怎麼做，然後我和妹夫就一起在廚房裡分工合作，有時妹妹加班回來，我興奮地告訴她，我們今天又做了什麼好吃的，問她要不要吃。通常她不太會抗拒，我們一邊看著她吃，一邊你一句我一句說明這道菜是如何分工協力完成的。

我和妹夫越來越熟，講起高中的事總是沒完沒了。他說以前在學校都不敢跟我說話，第一名的學生總是不太愛笑。

你是先知道我，還是先知道我妹？我問。

學校誰不知道妳，妳總是上台領獎。他說。

我聽了後下意識地大笑幾聲，順手拍了他的肩，然後立刻收聲。他沒有什麼反應，將視線轉到眼前低頭吃飯的妹妹。

我講得眉飛色舞的時候，擺出一付貼心大姐的架勢，好似肩負著父母的愛讓人無懈可擊。我用親情包裝起所有的善意，像一個遠道而來調教她的小媽媽，告訴她怎樣過得像一個真正的家。

「後來我才看到妳妹，驚訝學校裡竟然有這樣一個女生，我卻從來沒發現。想不到妳們是姐妹。」他說。

我感覺自己的臉頰扭了一下。

「幹嘛說得好像她不在場一樣。甜言蜜語要這樣才說得出口啊。」我說完就轉身去洗碗，把水開得很大很熱，燙得我兩隻手全紅了，水濺得到處都是。

後來我不只做菜，甚至幫他們洗衣服，洗好烘乾還燙好，一件件整齊地疊進衣櫃，妹夫苦笑地說不好意思這樣麻煩我。我笑著說沒什麼。我妹除了謝謝什麼都沒有說。我開始察覺自己做的已經超過那些被親情包覆的善意，我一步步爬過界線滲入這個只剩空殼的家，那時我並不清楚自己在期待什麼，卻明確地等著什麼爆發，隨時注意著她，等她反擊我正在一步步扭曲她所擁有的一切。

然而，她無動於衷。她對我笑的樣子，跟我第一天抵達時看起來一模一樣。連她叫喚我的名字，也還是用那柔柔沙沙的聲音。我明白就算我真有本事拿走她的一切，她依然會那樣叫著我的名字。不是因為我是她親愛的姊姊，而是因為這些根本都不重要，包括我、我們的爸媽、深愛著她的這個男人，以及她所擁有的一切。

好幾次我想告訴妹夫，曾對他有過的那些迷戀，甚至好幾次在我們愉快喝著紅酒時，我故意不小心輕輕靠向他，然後瞇起眼睛微笑，學酒吧裡那些頻送秋波的女人。我聽他說以前高中發生的另一些趣事，所謂我這

種好學生不會知道的那些。我的確感覺到一股暖意在彼此間流竄，甚至一度以為是男女情愫的曖昧。慢慢我卻發現，那股暖意不過是他釋放出來的求助，他把我一廂情願的情意錯當成是我們對彼此的慰藉。我是他走不進去的人最親愛的姊姊，我不過是靠近那個人最接近的一條通道，平行的通道，他靠近，卻發現依然無法進入時，他感到沮喪，不再熱心陪著我跑來跑去，僅僅剩下那些多餘的禮數。他以為我們都是同路人，以為我像他一樣，像所有人一樣把妹妹捧在離眼睛最近的高度，絞盡腦汁揣想著該如何走進她的心。

我離開美國時，確實慶幸自己沒有做出什麼愚蠢的事。我只是第一次想要擁有一種愛，那種會讓對方痛不欲生而我將渾然無感的愛，如果那稱得上是愛的話。我想要。

回到台灣後，我很快找了新的工作，遇到我的前夫，很快結了婚。爸爸媽媽都很高興，妹妹和妹夫因為一些很爛的理由沒有來我的婚禮。爸爸一直問我去美國發生了什麼事，其實連我自己也不知道。

「離婚是他提的，我沒問為什麼就答應了。」她邊說邊用吸管攪動桌上的檸檬水。
我當然知道，妹夫還跟爸爸道歉，說很抱歉無法再照顧她了。
「妳呢？我甚至不知道妳前夫是一個什麼樣的人。」

她把前夫兩個字講得很用力。

「一個很普通的人。」我說。

「該不會是因為太普通了？」她開玩笑地說。

「我有一天醒來，想到妳前夫，覺得他真的好可憐。想著想著就哭了。然後我就想，如果我能對另一個男人有這樣的悲憫，而這悲憫勝於我將對我前夫的辜負還強烈，我想還是早點結束得好。」

我盯著吧台正在做三明治的服務生，當他對半切下那一刀時，我覺得好後悔把自己要的愛設定成那種樣子，那當然不是我要的，只是就像大部分人一樣，能不能得到一份夢想的愛有時都只不過是運氣。夢想的樣子從不具體，運氣也是主觀的。我曾覺得妹妹的運氣比我好，她總是那個被選擇的；被她前夫選擇愛著，被媽媽選擇唯一記得的女兒。不過此刻，我覺得我們都是運氣不好的人。

「我是故意從他面前經過。試了好幾次他才開始注意我。」妹妹說。

我發現每當我聽見一些很重很重被揭露的消息時，我的身體反而都感到異常的輕飄飄，掛著一顆無重力的腦袋。

「我看到妳的日記，我知道妳喜歡他。」

妹妹高中的樣子重疊上我眼前這個快四十歲的女人，她一點都沒變，不像我。

「妳是這世界上跟我最近的人。我覺得，如果我拿走妳最喜歡的東西，妳就永遠無法遠離我。」

每個人生命裡都會出現許多洞，有大有小，有先有後。她很早就掉進一個很大的洞裡，直到現在。我是很後來才掉進我的洞裡，我的洞，小小的，把我擠得歪七扭八。

「多麼奇怪的想法。」她轉頭看著我說道。
我想起小時候玄關那幅女人的畫，我總是拍拍她說，是睡著了，不是死了。
我們沉默了好一陣子，看著吧台的服務生在做另一個三明治。

「我想媽媽只記得我不會只是偶然。當然也不是因為她比較愛我。」
我轉頭看著她。
「我想是因為有一個她忘不掉的人。」

我輕輕拍了她放在桌上的手。
好冰。

沒有比活在一個錯誤的秘密裡更殘忍的事了。

當我想通這件事的時候，妳已經開始記不得我。
而我們的兩個女兒全都離開深愛她們的人，回到我們身邊。
這就是妳要的嗎？

我有時會懷疑其實妳是在演戲，假裝只記得小女兒。
彌補從她尚未來到這世界就開始承受的罪。
妳越疏離她我就得越靠近她。
我以為只要用愛就可以包覆不幸到永恆。
而悲傷的人活在自己編造的情節裡。
她們還不夠狠，因此我們家的路錯過了峰迴路轉，直接落入永夜。

妳從未想過要結束自己，是為了我。
把自己冰封在自己的記憶裡，是跟我道別的方式。
無數的悔恨到現在都不可能再說出口。
當妳發現自己懷孕時，我該順著妳去終止那份孽。但卻猶豫了。
有一瞬間，我覺得現世的一切都該無所謂。

我們將能超越然後超脫，因為愛理當是那麼堅不可摧。

而這樣妳才能真正顛覆所受的傷痛，用完好良善的新生命去溶蝕那罪人對妳的侵犯。

脆弱的妳一下就被我說服，那時我以為愛偉大就是代表萬能。

孩子出生了，一出生妳就後悔。

妳說她一碰妳，妳就像赤身被拖行在柏油路上。

妳說對不起，真的真的，對不起。

是從那時開始，妳一步步轉身走上自己安排的道路，永遠一個人。

我不忍說出最殘酷的部分，卻一直在等。

「妹妹的爸爸到底是誰？」

妳說她像一顆被打進身體的子彈，最後自己變成一把槍

我們的女兒。

妳的身體像是吸了過多的水，慢慢開始腫脹變形。

我已接受了妳的道別，但妳聽不見。

每天，我把妳帶到妳最喜歡的落地窗前，有時一坐就是一整天。

我一直記得妳念的那句波斯詩人的句子：

「光，總從包著繃帶的地方射入你的體內。」

女孩們說想要一起去旅行，
她們有彼此，無論多麼百轉千迴。

多想再聽一次妳叫我的名字，
背對著海，聽起來會像清晨。

親愛的，
下回再見了。

灰色的貓

媽媽：我有時候會努力把自己想像成一隻狗或一隻貓。通常牠們都會坐在窗台，望著外面的道路，等主人回來。或是只是對著外面東看西看，我指的是貓。

姊姊：妳有養過任何小動物嗎？

媽媽：我很小的時候家裡有一隻狗，我跟牠不特別親，因為我覺得牠不太喜歡我。但牠還是每天坐在門口看我上學，放學的時候也坐在門口等我，一臉嚴肅。（停頓）我還是喜歡牠的，我現在想起發現牠被送走的那天，心裡還是有點不舒服⋯⋯

妹妹：貓呢？

媽媽：噢對，我養貓，養了兩隻。一隻小小的，一隻比較大。小的那隻先養，牠來的時候眼睛都沒有張開，我每天抱著牠，無論哭還是笑，我都覺得好可愛捨不得放下。我做了一個粉紅色的床給牠，但還是讓牠睡在我的枕頭旁邊，我一邊睡一邊聽著牠呼吸的聲音，然後跟著一起睡，我想在夢裡我們都是在一起的⋯⋯後來 .... 又養了大的。小的其實比較不好看，像是路上會看到的那種野貓，大的很漂亮像是有血統的，灰色的毛，綠色的眼睛，永遠一副生氣的樣子。

姊姊：妳買的嗎？

媽媽：小的是我媽媽給我的。

姊姊：那大的？

媽媽：（停頓）人家送的吧。

妹妹：可以告訴我們是誰嗎？

媽媽：我之所以把自己想成是一隻狗或一隻貓，就是想看看自己能不能記起一些很重要的東西。因為我覺得牠們是絕對不會忘記生命裡重要的東西。我不記得了。

姊姊：也許是因為牠們的生命比較短。

媽媽：我一直覺得我的生命會是短的，沒想到變得那麼長。

妹妹：長短要怎麼確定？

媽媽：當大家都用憐憫的眼光看著我時，我就覺得活得太長了。

妹妹：妳希望大家怎麼看待妳？

媽媽：譬如妳們看待我的方式就讓我覺得很舒服。

姊姊：妳想要喝點咖啡嗎？

媽媽：我覺得今天狀況不錯。腦袋裡跑出一些畫面。咖啡好，謝謝妳。

妹妹：一些什麼樣的畫面？

媽媽：是片段的，一個時鐘。很大的倉庫，像個工作室。堆滿了東西，一張很大的沙發。
（沉默）
沙發。

姊姊：沙發怎麼了？

媽媽：我躺在上面。我吃得很飽，然後在笑，一直在說話，又笑。

姊姊：喝了酒？

媽媽：對，那是喝了酒。我身體軟軟的癱在沙發上，覺得開心，又熱。

妹妹：旁邊有哪些人？

媽媽：……不記得，只記得一個聲音，跟我說話的聲音，我在跟他說話。

妹妹：是妳很熟悉的人嗎？

媽媽：那張沙發左邊的椅墊破了一個洞，我把手指頭伸進去撕裡面的棉花。我好像很喜歡那張沙發，覺得很舒服。他也坐了下來，坐在我摳棉花的手上。我驚叫了一聲，他抓起我的手，我想抽回，他卻用力抓著。沙發後面是一扇窗，那天下雨，雨很大，但我聽不見任何雨聲，像下雪。時間是四點三十五分。

姊姊：下午？

媽媽：窗外的天還亮著。我應該睡著了，睡在那沙發上面。我想哭，但畫面裡沒有在哭。我窩在那沙發上，把手指頭伸進那個洞裡，戳得很深很深。我好像很痛苦在想著很多事情。時間是（沉默）他一直在看我。然後同時又在做著什麼事。我們之間還擋了一個什麼，白白的東西……喔！是畫布。他在畫我，我很想起身，卻沒有起身……（自言自語）是誰呢？

妹妹：我也很想知道。

媽媽：（回神）對不起。

姊姊：不會。

媽媽：時間是六點四十三分。

姊姊：嗯？

媽媽：後來我就養了那隻很美的灰色的貓。

（沉默）

妹妹：牠叫什麼名字？

媽媽：……灰色的貓。牠剛來的時候，喜歡跳到我身上，我會推開牠。然後過一下，我就會覺得很難過。可是如果我好好抱著牠，我也會覺得難過。難過的感覺，很像被人拿著錘子狠狠敲碎一樣。我餵牠吃東西，餵得很少，想餓死牠，又怕牠真的餓死。妳們養過貓嗎？

姊姊：沒有。

媽媽：也許妳應該試看看。

姊姊：嗯。

媽媽：妳們結婚了嗎？有小孩嗎？

姊姊：沒有。我離婚了。

媽媽：噢，很抱歉。

姊姊：妳呢？有小孩嗎？

媽媽：（沉默）沒有。我只記得我一個人養了兩隻貓。

妹妹：也許那不是貓。

媽媽：什麼意思？

妹妹：我也不知道我在說什麼。
（沉默）
姊姊：我們想給妳看一樣東西，妳記得這張畫嗎？

媽媽：嗯……？

姊姊：這是一直掛在妳家玄關的畫，後面有一段文字，妳看。

媽媽：「我未將你造在腹中，我已曉得你；你未出生母胎，我已分別你

為聖。」聖經〈耶利米書〉一章五節。

姊姊：妳信教嗎？

媽媽：也許以前的我有。

姊姊：這段文字，對現在的妳，有什麼感覺嗎？

媽媽：有時當我腦中一片空白的時候，我反而覺得平靜。我不記得自己擁有過什麼，或失去過什麼。我甚至可以想像，我擁有所有想要的東西，我喜歡的故事裡，一個主角美好的生活，一個⋯⋯家庭的樣子，兩隻貓一起睡在我的枕頭旁。但當我腦中出現一些畫面，像剛才那樣，卻怎麼樣都記不起那些代表的是什麼，但我知道那是我的一部分，有一種⋯⋯赤身被拖在柏油路上的感覺。（沉默）我很努力試圖要想起什麼，又有一股力量扯著我不准去想起。好像我和我的灰貓。（沉默）抱歉，我沒有回答到妳的問題。

姊姊：也許今天就先到這裡。

媽媽：我是說，現在的我，好似有一種創造力，能在空白裡填補任何我要的樣子。有時覺得這樣好像也沒什麼不好。

妹妹：把殘酷變得美麗。

媽媽：如果妳把空白視為殘酷的話。

姊姊：妳有沒有什麼問題想問我們？

媽媽：可以再說一次妳們的研究題目嗎？

姊姊：「解離性失憶症患者重組記憶的可能」。

媽媽：算是跟心理學有關嗎？

姊姊：跟心理有絕對的關係。

媽媽：那跟愛也有關嗎？

姊姊：愛？

媽媽：嗯。即便我能創造我想要的回憶，但騙不了自己想傷害我的灰貓的那股衝動。所以我很想知道，該如何多愛我的貓一點。因為愛這件事，是我完全無法單純用想的就能實現的。我是真的好想愛牠們，小貓失去了我的愛，大貓從來沒有享受過，每次想到這裡我就難過。不知道為什麼，當我看著牠們，我會不自覺閉上眼，然後，一切想愛的衝動就終止了。我再張開眼睛的時候，牠們已經跑走了。雖然我現在看不到牠們了，但假裝好好愛過牠們，是我唯一無法用創造就能滿足說服自己的⋯⋯我

是真的很想知道，不知道妳們有沒有這方面的研究？

（沉默良久）

姊姊：有。

妹妹：我們可能需要花上很長的時間。

媽媽：謝謝。

一個人

那段時間我一溜煙就逃到韓國。

從來沒有這樣一個人跑出去，卻一點都不害怕，相比起來，留在原地更令我害怕。那時的自己，年輕到根本意識不到自己年輕，卻每天都覺得自己在一點點地死去。一天最重要的事，就是梳皮皮的毛，清理牠身上皮膚過敏的結痂，然後什麼都不想做。

那一逃，在韓國待了四個月。

臨走前哥哥給我一個電話和 Email，是他之前在加拿大唸書時的韓國好友。哥哥說，他有個弟弟，是演員好像有在教表演。到了韓國，我沒打那個電話，每天早上搭很遠的地鐵去外國語大學上半天課，然後下午用很細的吸管喝很燙的拿鐵，一個人飄來飄去，狀態並沒有改變多少，覺得或許韓國太近了，後悔逃得還不夠遠。

哥哥在電話裡不冷不熱地說，妳去找他們，練習韓文也好。結果過了幾天，人家主動打電話來，說要帶我去吃飯，只好赴約。他們問我要吃什

麼，我說烤肉（因為我也說不出別的東西）。之後的三個多月，他們永遠都帶我吃烤肉。

一開始我跟大哥講英文，跟二哥講韓文。後來他們決定讓我練習韓文，就都不准說英文。二哥和朋友有一個練習室，收了四五個高中學生，教他們表演去考戲劇系。我第一次搞清楚他們在幹嘛後，嚇了一跳。沒想到韓國連表演補習班都有市場。二哥知道我有在演戲，想和我聊，我有聽沒懂，韓文太爛也聊不開。後來上完課我沒地方去就晃到他們的練習室，窩在一旁看他們上課，再後來，練習室成為我每天唯一會去的地方。二哥依然努力跟我解釋他讓學生做什麼練習，後來我也開始慢慢用破碎的句子回應，他才知道原來我並沒有受過專業表演訓練。有時，他會叫我一起做練習，然後跟學生說這練習不能用任何語言，我就在這樣的包容下，輕輕推開了一扇窗。

有時週末，我自己去閒晃，他們問我週末在幹嘛，我說到處亂晃。一個人？他們問。我說，對啊。後來週末他們就會找我，有時我們三個人，有時還有他們的朋友，一群人一起亂晃，然後晚上吃烤肉。

他們說帶我逛街好了，結果買的東西比我還多。一開始他們總一直詢問我想去哪，我沒什麼想法，他們就慢慢認定我除了吃烤肉大概沒什麼慾望。一次他們其中一個學生無意間發現我喜歡買文具，大家就興高采烈

帶我去一些小女生的可愛文具店，幾個超過一百八的大男生擠在小店裡東摸西摸，我快速挑了幾本漂亮的筆記本結帳。結帳時二哥走到我身邊，我趕緊把錢塞給櫃台小姐，他笑了一下，把我選的筆記本全拿起來檢查一遍，最後指著其中一本說，這個好。那本內頁畫了許多阿達一族風格的線條插畫，現在還在我的書櫃裡捨不得用。

有一次他們說要去買球鞋，兄弟倆很喜歡 Tiger 的鞋，兩個人各選了一雙後立刻換上，然後問我喜歡哪一款？我推說不用不用，結果他倆在女鞋前指了半天，拿了幾雙要我試，我乖乖左右腳穿上不同的款式，他們前後打量我，二哥問我喜歡哪一雙？我還是說，不用不用。他們自己快速地商議，決定那雙跟二哥一模一樣的經典款好看。我眼看情勢到這一步只好搶著自己去付錢，結果一把就被二哥撈住，大哥付了錢，二哥要我換上新鞋。一出鞋店，我掏了一張一萬元鈔票給大哥，我說，送鞋不好。他們對視後很瀟灑地笑了。二哥說，這樣妳就可以逃得遠一點了。我低頭看著我們腳上幾乎一樣的新鞋，眼睛痠痠的。大哥拍拍我的頭說，餓了，去吃烤肉吧。

熟識後，我說了很多，關於為什麼會逃到這裡每天跟他們吃烤肉。我講得七零八落，聲音越講越小聲，因為我突然意識到，自己跟那個每天一點點死去的世界的關係，似乎已不再密切。

我拿起桌上的燒酒，把三個人的杯子全都斟滿。我說，乾杯！然後各敲了一下他們的杯子，自己一口乾掉。儀式感很重要。只是我本來沒在喝酒，所以我的不是燒酒杯是飲料杯，我覺得吞了一把火苗在胃裡悄悄炸開，咳了幾聲。

二哥說，喔，會喝酒好，才不會被男生欺負。
大哥說，妳太善良，離那些人遠一點保護自己，懂嗎？
然後兩個人也乾杯。
我以為這樣的兩句話，應該出自爸爸或親哥哥的口中，沒想到，我第一次聽，是韓文版的。

大哥的手機響了，他起身去別處接起。我問二哥，為什麼大哥每次跟女朋友講電話都要那麼神秘？二哥說，他女朋友會疑神疑鬼的。喔。我應了一聲，想了一下。
「你們兄弟倆會說什麼事都會說嗎？」我問。
「會啊，我們家沒有秘密的。」二哥說。
「喔。」
「怎麼了？」二哥問。
我又想了一下，搖搖頭。

我在思考要不要把我無意間知道大哥的祕密告訴他，還是其實他早就知道了？我後悔知道那個祕密，覺得身上莫名扛了一些負擔。後來我沒有說，然後花了一些力氣假裝什麼都不知道，讓那個祕密在我心中自行消

化很多年後，我終於明白對別人的感情事件不需要發表任何感想。人們評論別人的錯誤總是一副容易又愜意的樣子。

大哥電話還沒講完，我的電話也響了，我沒接，繼續翻著我的烤肉。二哥問，為什麼不接呢？我說，不想接。他問，誰打的？我告訴他，他告訴我，應該要很清楚地告訴對方不要再打電話過來了。二哥看起來凶凶的，我想要是我有那麼凶就好了。我又把三個杯子都斟滿，二哥把我的杯子跟他的交換，乾杯。電話聲終於停止了。

最後的半個月，我租的地方有問題，一時沒地方住，便借住到他們家。

他們一家四口，跟我們家好像，我說的是整個家的樣子都很像。大哥把房間讓給我，自己睡地板。每天晚上他講完電話就抱著棉被和枕頭，直接睡在客廳地板上。有時他會去睡二哥的房間，二哥就會睡地板，我每天早上起床看到他們睡在地板上都覺得很不好意思。媽媽告訴我，他們兄弟倆常常睡地板，有時天氣熱不想開冷氣，就這麼睡。

我起得早去上學，瓦斯爐上永遠都有一鍋轉小火保溫的骨頭湯。我起床後，就幫媽媽準備早餐，從冰櫃拿出一些涼菜，盛一碗飯配一碗骨頭湯。通常我吃完了，哥哥們才起床。

他們家離學校近，坐公車就到。下了課也是去練習室找他們，在韓國的生活就這麼畫上了一個日常軌道。後來大哥開始上班，就只剩二哥和他的朋友。但自從我住到他們家後，我們就很少在外面待到超過九點，每次吃完烤肉，二哥就說我們要回家了，女孩子不能太晚回家。然後他的朋友們就會露出掃興的臉。二哥有一個朋友，很喜歡欺負我。常常仗著我韓文不靈光，講一些我聽得懂但回不了的玩笑話，我永遠都以「怎麼像小學生一樣」打發他，有時玩過火，我會發脾氣，二哥就笑著說，他真的很喜歡妳喔。我翻了一個白眼。

有時我看著他們這群人，心裡充滿好奇。他們都是學表演的，但怎麼都沒有看到他們在表演呢？有時我會忍不住問一些有點失禮但很實際的問題，往往都得到一些不怎麼實際的玩笑答案。他們對表演的那股熱情，和我那時在台灣接觸到的演員不太一樣。熱情底下，好像還被蒙上一層薄薄的什麼，讓你始終無法把熱情的輪廓看得很清楚。

大哥上班後，我和二哥在一起的時間更多，他不會說很多話，我們聊最多的，就是韓國電影。他介紹我很多很好的韓國演員和導演，我說我喜歡 Oldboy，有一次介紹給我爸看，他看完跑來罵我。我哥在一旁笑我怎麼會介紹爸爸看那部電影。二哥說，當然不能介紹給爸爸看啊。我似乎從來都不知道怎麼恰當地分享自己的喜愛。

「不過，真希望能成為像崔岷植那樣的演員。」他說。
「我都沒看過你演戲。」我說。

他從電腦裡找了一些東西給我看，大都是肢體偏重的表演，因為二哥主攻默劇。我看完問還有沒有？他說，不好看，沒有了。我有點失望。他開始在電腦上找出很多歐洲默劇和小丑的片段給我看，一開始還會跟我解釋，結果看著看著他自己沉迷進去，忘了我還在旁邊。那是我第一次看見真正的小丑，好憂傷的感覺。

我說，為什麼學默劇？
二哥想了很久，久到我以為他沒有要回答了。
他應該常常被問這問題，就像我到現在還是常常被問，為什麼要演戲？
其實我也答不出來，通常只說，就喜歡啊。
但二哥給了我一個很奇怪的答案。
他說，因為我是一個很複雜的人。

如果我現在聽到這句話，我一定會回：誰不是呢？但那時的我，只是一直想，什麼意思啊？然後好一段時間，「複雜」這兩個字在我心裡變得越來越複雜。二哥突然轉頭對我說：「回去好好學表演，去劇場演戲，做一個真正的演員。」我本來就喜歡劇場，所以聽到這一席睡前的信心喊話，也沒有特別覺得熱血沸騰。何況我還在思索關於他說自己很複雜的問題。

兩年後，我在英國完成學業，刻意多留了一個暑假，報名默劇大師Etienne Decroux 的默劇工作坊，最終我其實連基本的重心轉移都沒學會，也幾乎忘記一開始是什麼原因一直想要去學默劇。只是始終覺得默

劇非常迷人，每次看到小丑，心裡都會有一股淡淡的憂傷，覺得他們像個運氣不太好的人，總在錯誤的時刻得到自己期待已久的寶物，但無論如何小心翼翼地呵護，那些寶物終將不屬於自己。觀眾似乎都知道，唯獨他，渾然不知。

怎麼離開韓國的記憶是有些模糊，我花了一些精力處理自己的問題，還沒處理完他們就來台灣看我了。

他們睡我的房間，一個睡床一個睡地板，我跑去跟媽媽睡。每天都絞盡腦汁想要帶他們去哪裡玩，帶他們逛夜市去吃吃到飽的火鍋，他們不明白台灣人為什麼吃飽了還一直吃。也不知道哪根筋不對帶他們去夜店，每個人花五百塊進去，不到五分鐘就出來了。我覺得我毀了他們整趟台灣行。

大哥問，妳平常會來這裡玩嗎？
我說，從沒來過。
二哥說，那為什麼要帶我們來？
我說不知道，好像大家都很愛來玩。
二哥說，我們就是來看看妳，帶我們去妳平常會去的地方就好。
然後我們去了一間咖啡店，一種歷劫重生的暢快歪倒在沙發上喝冰冰的啤酒。

其實我最想帶你們去花蓮，那裡有山有海是台灣最漂亮的地方。我說。
二哥說，下次，還有機會。
但這個機會也就像人生大部分的承諾一樣沒有發生。

過了幾個月後，我依然沒有搞定自己的問題，又開始慣性逃亡，逃去美
國後去英國，心想那兩杯燒酒真是白乾了，儀式果然沒啥用，還得要有
決心吧。我後來明白，那不是距離的逃亡問題，是時間。時間不夠，逃
再遠都沒有用，時間到了，根本也不想逃了。只是唯一無法解決的矛盾
是，好像得先逃去哪裡等「時間到」才行。

後來幾年，二哥逢年過節還會打電話給我，問候彼此的家人。每次一通
話就先問我現在在哪裡？在幹嘛？讀書還是工作？後來我飛來飛去電話
換來換去，好一陣子沒有再聯絡。有一天看到他申請了 FB，才又重新聯
絡上。我知道韓國人有自己的社群網站，他的 FB 很少更新，倒是三天
兩頭按我讚。我們的對話紀錄永遠是他問我，什麼時候來韓國？我說，
好。他說，有沒有認真唸書？我說，有。然後他會在我的一些照片下留
言說我越變越漂亮。

去年，他突然傳了 FB 訊息說，我要結婚了。
我興奮地回說，真的？！好棒！到時候給我看照片！
但一直到現在，我還是不知道我的兩個韓國大嫂長什麼樣子。

前幾天，我看到二哥難得更新 FB，一張田地的夕陽照露出他穿夾腳拖鞋的右腳。

標題是：我家外面。

我在下面留言說：你家嗎！？真好！

二哥過幾天讚了我的留言。

我想起最後在韓國問了二哥很多問題，他總是答非所問，有時就沉默。我想或許是語言的隔閡讓他懶得說太多，現在我卻覺得那沉默的本身，其實已含括了千百種的回應。他總是說：「我是一個很複雜的人。」

我不知道有了田地的他是否還在教課或演出，但我一直記得自己很想看他做小丑。我喜歡當觀眾，尤其是熟識表演者的觀眾，我可以一下以朋友的身分抽離，一下以觀眾的身分投入。毫不保留地用自己對演員的偏心來評價角色詮釋的成果。那種輕鬆的觀賞特權，和一起同台演出的感覺是不一樣的。好像我更樂意置身在別人的生命外圈，細心地當一個稱職的觀眾，偶爾陪笑，來點掌聲，感覺非常溫柔。我早已學會不再將自己的情緒束之高閣架空在那，一副永遠都無法被替代的德性，怨嘆自己正一點一點地死去。

二哥說，「小丑都不是靈巧的人，所以他們要花比別人多更多的時間來靠近他們的目標。」

「但有時太笨了。」我說。

「不，小丑是這世界上最清楚自己要去哪的人，妳覺得這樣笨嗎？」

我想了一下說，好像還好。

「他們有一個最明確的目標，只有一個，而且不知道怎麼放棄。」

「所以，我們都是小丑。」我說。

這段對話，到底有沒有真的說過，我自己都不是很確定。但可以確定的是，如果有一天，我真的能看到二哥做的小丑，一定不會像以前那樣難過了。

一對母子的訪談稿

〔母親〕

小時候我和女同學們會玩一種遊戲，在筆記本上寫下喜歡的男生，從最喜歡的寫到最不喜歡的，一次寫十個。其實女孩子寫來寫去都是差不多的人，最喜歡的五個總是那幾個，最不喜歡的也總是那幾個。我那時就發現，這世界只有站在極端的人才會被看見，如果像我這樣一個女孩，是沒有男生會把我寫在紙上。連討厭都沾不上邊，因為他們甚至根本不會注意到我。有幾個女孩，如果寫了一樣的名字在第一個，就會互相吃起醋，像是被搶了男朋友一樣。以為誰先寫下那個名字，那個人就是她的。她們甚至會在課本上偷偷練習寫喜歡的人的名字，寫得比自己的名字還好看。我有時也跟著她們寫那幾個人的名字，只是她們根本不在乎，沒有人會跟我吵說誰誰誰是她的。因為沒有人覺得我有資格可以擁有他

們，連我自己也這麼覺得。不過那時的我卻沒有沮喪的感覺，我根本不喜歡他們任何一個人，只是跟著女孩們玩那種遊戲。我總是跟著，成了習慣。

女孩很愛講未來的事，我也會跟著偷偷想著我會有一個兒子，即使不確定有沒有人會愛我。我是一個很沒自信的人。甚至覺得沒自信的話，其實是不適合當一個人。有時寧可爬好幾層的樓梯，也不願意跟別人擠電梯。只要有一個陌生人在，我就會覺得不舒服。也很少去電影院，但很喜歡看電影。我們家以前最開心的活動就是全家人租電影回家看……我跟我先生還沒結婚前，去看過一次電影。我不舒服，又很怕讓他知道，從坐下的第一秒到最後一秒，我一動也不動。電影演完了，我的屁股以下全麻掉了，站都站不起來。直到人都走光，燈也亮了，剩下我們倆。他輕輕牽起我的手，拉我起來。那是我們第一次牽手。但我一站起來，他就放手了……我覺得他太好了，而我配不上他。我在兒子發病之前，覺得人生最驕傲的一件事，就是生了一個跟他一樣完美的兒子，他們那麼像，甚至肩膀的弧線都一樣……只是他沒看過，永遠都看不到。

（停頓）

你仔細看我兒子的眼睛，他右眼白眼球的右下方，有一小塊發紅、青青的血絲永遠都不會消失。他小時候喜歡用衣服包住大拇指的指甲，磨自己的臉，最常磨的地方是右顴骨，磨到破皮發痛，就會很小心地磨自己的眼睛。臉上的傷口剛癒合就去撕結痂，然後又有新的傷口，眼睛也總是紅的。我帶他看醫生，醫生說很多小孩子都會這樣，原因不明，不過大部分慢慢長大就會改掉這些習慣了，他叫我要多陪陪他，可能他沒有安全感。我那時永遠都在手忙腳亂，不過，誰當媽媽一開始不是那樣的？更何況我只有一個人。……除了這個之外，我覺得他從小沒有什麼奇怪的地方。

一直到他大學二年級，有天我接到學校的電話。他們說，我兒子試圖燒掉整間工作室，結果自己的衣服著火，送進醫院，好在只有右手臂有點灼傷。他說每天進到工作室，雕像的位置都跟昨天不一樣，他們的表情也都變了，於是晚上他一個人躲在工作室，一直等到他開始聽見雕像們在說話，就決定要把它們全燒掉。你想看看，這不是電影情節嗎？如果是五歲小孩這樣告訴你，你會覺得他們電影看太多了，但一個二十歲的成年人，你會說什麼？

噢，對了。他說他不是害怕，是覺得被背叛。那些他親手創造出來的雕像，私底下違背了他。

我知道他在跟他的聲音對話，他是在說話，但我聽到的卻只是他發出一些細碎的聲音，好像肌肉輕輕摩擦骨頭的聲音。（停頓）你就想像，一堆字被丟到一個充了氣的塑膠袋裡，然後你使勁地搖啊搖，那些字會撞來撞去，變成東缺一角西缺一角，再把那些字倒出來，重新拼起句字，拼死你喔。那就是他們的語言。

在那之前，他不知道在工作室待了多天。自從他上大學，常常說在工作室趕功課，那些雕塑要花多少時間我也不知道，就像我埋頭寫字也是有可能昏天暗地，不是嗎？我就不管他，他也從不跟我說那些。拜託，你有一個那麼好的兒子，什麼都好……你會管他嗎？一直到後來進醫院，我才知道他其實已經痛苦了好一陣子，但我都不知道。他說，因為他相信，那些大大小小的雕塑都是所謂「晚上的他」創造出來毀滅這個世界的，而它們的第一任務，就是把全世界的媽媽都殺掉，這樣人類就不能繁殖，所以它們第一個要殺的就是我，而他得要保護我。於是他就一個人整晚整晚守在那裡，直到再也抵抗不了……那些東西。

（停頓）

我慢慢才明白一件事，這種……病……「思覺失調症」是一種侵蝕人腦的病。會「剝奪」或「取代」你原本的很多東西，而不只是蓋過。我花了一些時間才明白這件事，所以換句話說，我將找不回我兒子，只能找方法跟他並存。但是這好難，不是嗎？你非常清楚一個人原本的樣子，還是你喜歡的樣子，有一天他變了，痛不欲生，你只會一心一意想幫他變回原本的樣子，但這種病，真的不是這樣。

他休學後，有很長一段時間我們搬到山上住。他抗拒吃藥，狀況時好時壞，我們對於周遭的人怎麼看我們都有不同的壓力，他的壓力來自於不想被當成一個怪物，我的壓力來自於不想被當成一個徹底失敗的母親……或是……一個怪物的母親。

那個房子很大，我們每天花很多時間打掃，試圖工作、創作。他非常愛乾淨，眼裡容不下一粒灰塵，每天用消毒水拖地，直到感覺空氣中永遠留著那股味道。他試圖繼續雕刻，只在白天，因為他覺得白天不會創造

出惡魔。但不是很順利，他的手上越來越多疤痕，他不承認是在傷害自己。我把所有的工具丟了，因為我很害怕。他便開始寫東西，我們常常一起坐在餐桌，面對面寫東西，我得同時一邊工作一邊確定他在我的視線範圍裡。他不准我看他寫的東西，但我會想辦法偷看。他的文字大多都是片段的短句，總是描述血腥破碎的動物。醫生後來說他是在抑制自己要開始傷害我的傾向，是嗎？回想起來，那時的我好像也在瀕臨什麼的邊緣……直到有天他喝下消毒水，宣稱那樣可以殺死他體內那些會掉出來的小小的要殺我的人。我們回到市區，重新接受治療。

我開始常常哭，眼淚來不及擦掉，慢慢地乾在臉上，好像一堆小夾子在掐你的臉。……那應該不是說「哭」，就是流淚吧，像小孩子流口水般完全不自覺……我有時為自己難過，我會想，如果他好好的……喔，你不能用正常或不正常形容他們……如果他好好的，我的人生會比較好嗎？（停頓）不會，如果他好，我就會更加專注在我自己人生被毀掉的那部分，一個沒人要的臭老太太，可憐的寡婦。然後我就開始為他難過了。他原本是那麼好，卻錯過那麼多，也將要一無所有了。這世界所有好的壞的都跟他沒有關係了。他原本那麼好，又聰明，又善良，還懂得愛。你知道懂愛有多困難嗎？他不是說是一直為了保護我不會被傷害

嗎?未來的一切,他都將要把所有精力拿去對抗自己,他的腦子一團混亂,直到最後一刻。

他到了另一個世界。你們不是很愛說什麼平行宇宙嗎?說得好像多科幻、迷人,我告訴你,就是這樣一點都不浪漫。他們的平行宇宙啊!從發病那天起,他就被綁架走了,丟到另一個世界去了(停頓),或是從發病那天起,他就(悄悄地說)「死了」……只是我無法埋葬他……

他有時想起過去自己好好的樣子,也會覺得那個自己已經死了。他們這種狀態,是最慘最慘的,得和已經相處二十幾年的自己告別,被迫接受一個完全陌生不受控制的新的自己。他們的痛苦將無窮無盡,你以為這無窮無盡裡真能找到一些什麼有意義的出口嗎?沒有。以為能像有宗教信仰的人,覺得這是一種上帝的試煉過程嗎?沒有,沒有這種東西。

我承認自己有一次想過殺死他的念頭。承認這個想法,算是我接受治療後最大的成果吧。那些治療甚至告訴我們,根本沒有所謂「正常」這回事,正常就是一個平均值罷了,我們的孩子,不過是某個方向的極端而已。喔,還有一種說法,說我們不能把這看作是一種病,不過就是有一

部分的人自行發展出來的一種生活策略，世界本來就是瘋的，他們不過更坦然擁抱自己的瘋狂。（笑）我當然聽不懂，他本來就好好的，為什麼要突然改變自己的生活策略，反而讓自己幾乎生存不下去？我們都聽過千千百百種說法，不管是哪種，不管我是否已經接受要與那樣的他共存，但我最深最深的心底，還是偷偷抱著希望，會不會他有「復活」的一天，他身體裡的鬼會有離開的那一天，就是拉回到平均，不需要有任何突出的部分，正常的睡覺吃飯上班喝水看電視……科學不能救他，也不能肯定他沒救，不是嗎？

（停頓）

忘記是哪一次他又自殺進了醫院，恢復意識後，他跟我說：「媽媽，對不起。如果我還能撐下去，就讓我撐著；如果我慢慢走了，就讓我慢慢走吧。」我發現，他連「死」都不願意說，他甚至跟我道歉。我頓時覺得死去的其實是我才對。你知道嗎，一個人其實能給予對方的東西少之又少。其中最最珍貴的就是快樂，每個做父母親的，不都希望孩子快樂？我想給他快樂，但我無法，他是我兒子，我無法讓他快樂。

（停頓）

我看過一種說法，當你死去時，你的身體，就跟你愛的人分開了。死後的三天，你可能還能記得他的名字，但到第五天就會開始記不清楚，可能只記得一個字，但一個字已經不是一個人名了，你已經忘掉名字和那個人的聯結，差不多到第十天，你完全不記得他是誰了。他是她，還是她，還是你，甚至是我。到第二十天，你可能甚至忘記他是所謂的人類。當你忘得差不多時，你會發現自己已經準備要進入下一生。你可能會成為一隻毛毛蟲，吊在樹葉的邊緣，他經過你，你也不會知道，他也不會知道。或是，你成為一隻蚊子，你對他的愛與渴望，會被對血的需求取代，你飛到他的手臂上，吸他的血，吸得飽飽的，停在他的牆上睡著。上一世你那麼愛他，這一世也要靠他的血為生。他不會知道那蚊子是你，你也不知道那是他。上一世，你們盡了所有的努力愛著對方，讓對方安全，讓對方快樂，但這一世，如果他發現你停在牆上，可能會親手殺死你。

（停頓）

不過，我想多少會有些例外的情況吧？
也許那些記憶不會消失的那麼澈底，或記憶不知道沉到哪去了……

（停頓）

怎麼說呢……我覺得女人……不管在幾歲心裡都會有一個夢想。真的。
即使我現在都六十幾歲了……所謂的夢想，就是一件非常期待可以發生
的事。每個女人，都還是會期待著什麼。我覺得這就是女人。不論有沒
有成為媽媽，不論是不是只剩自己一個人，不論過的幸福還是不幸福。

有時我看著鏡子裡的自己，想像鏡子裡面是另一個相反的世界。我的兒
子變得正常，我變得不正常。正常的人聽見一萬個聲音在跟自己說話，

不正常的人成了聾子。正常的人不需要吃飯，不正常的一天要吃三餐。
天空長出草地，地面鋪滿厚厚的雲層。傍晚太陽才升起，清晨才能看見
星星。我們哭泣是因為高興，孩子感嘆自己即將老去，老人期待死亡到
來。那樣的世界，快樂全是傷心的，憂傷全是幸福的。隔著水銀，有那
樣的世界。

我以前總希望，他會有好的一天。但是，什麼叫好？我們這些從小看著
他們長大的親人，知道他原本是什麼樣子，所以如果他能回到原本的樣
子，就是好。但慢慢地你會發現，那是我們所期待他原有的樣子，而他
即使痛苦著、抱怨著，甚至為自己製造的一團混亂而抱歉，卻從未單純
責怪病本身的出現。他會說那些聲音很愚蠢，很不講理，甚至跟自己的
聲音吵架，好像從不曾希望自己回到原本我們所期待的那樣⋯⋯希望他
能夠有個好工作，遇見配得上他的女生，然後有自己的家庭。他根本沒
那樣想，而你也不會覺得現在的他有多惋惜自己沒有那些本來可以怎樣
怎樣的生活。

這麼說吧，如果你不小心愛上一個人，而他有一段很糟糕的過去，你聽
了以後，發現自己還是一樣愛他，而且絲毫無法不去愛他。然後你就會

開始明白，你眼前這個深愛的人，是由他過去所遭受與經歷的一切累積而成，那才是完整的他。你愛一個人，從愛他的那一刻才知道他的過去，和，你從過去一直愛著他到現在這個完全不一樣的他，其實沒有什麼不同，在一個你愛的人身上發生的一切，也是你愛的一部分。

（停頓）

我們現在每個星期會見兩次面。星期天他來我家，我們一起吃飯。星期三我會到他家看看他，然後在他家附近吃頓飯再回家。他在美術館裡有一份兼職，偶爾還會開一些雕塑的工作坊教課，每個月會定期去醫院跟他的醫生在安寧病房當志工。最近，他還要開自己的個展。

我想目前他走到了一個可以稍微平整呼吸的地方。那些聲音將永遠不會消失，但偶爾出現的時候，他可以跟他們說話，
其實這樣也好，否則他們實在太孤獨了。

〔兒子〕

你一開始是怎麼和雕刻發生聯繫的？

小時候我很喜歡玩紙黏土，我喜歡手沾得很濕很濕讓黏土變得濃稠。我沒有捏出什麼像樣的東西，但為了享受黏稠的過程，可以隨便弄點什麼出來。後來碰觸到雕刻，是因為刀。刀在我青少年時期就開始扮演非常重要的角色，一開始我有一把小刀片，我用它去試割各式各樣的材質，因為我想聽看看那些聲音有什麼不一樣。有一天，無意間經過一間美術社，那是我第一次看見那麼多刀。就開始走上這條路了。

聽起來相當危險。

是的。人會被一些特定物質莫名其妙牽引著，譬如很多人對火有興趣，還有人特別鍾情於粉塵。所以其實沒什麼好大驚小怪的，那時我還沒發病，也沒有要傷害人或自殘的傾向，我最後會拿刀在手上劃，也只是單純想聽聽看刀接觸皮膚的聲音。我沒有劃得很深，即使我很想，因為我知道那聲音一定會不一樣。你看，這是那時的疤，非常淡，不仔細是看不清楚的。這個，是我發病後留下來的。看起來完全不一樣，對吧？

（為什麼想自殺？）

我只能說那叫「企圖」。但所謂「企圖自殺」也不過是屈服於跟你們的溝通。我做的那些會威脅自己生命的事，重點不是在我要到死亡那裡，不想活了。往往是因為我好奇那些過程，好奇我的身體裡面各式各樣的聲音會如何反應。因為那些是在哪裡都不會有人告訴你的，書上找不到，除了你真的讓自己遇上。

你對什麼樣的題材最感興趣？

Stillness。所有看似靜止的物體對我來說都強烈地移動著。有時我是真的看到它們在動，有時可能只是我的想像，大多時候我搞不清楚到底是想像，還是真的看見。

無法判斷真實會讓你非常受到干擾嗎？

要看程度，當你嚴重到沒有意識到中間的界限時，就沒差了。可惜我沒那麼好運，可以說病得還不夠重。所有界線前後的事我都記得，我很清楚發病前的自己是什麼樣子。但發病後，我記得所有看見聽見的東西，但無法分類出哪些是真的發生，哪些是沒有發生的，對我來說，就是都發生了。

我聽過一種説法，人的腦袋大概在十二到十四歲時，會漸漸固化。因此你在那時所做的愛的恨的東西，也都會凝固在那裡，然後跟著進入成人後的你。

（不過是不願意長大的那種人不負責任的自圓其説。）
我的重點是，像我這種人，腦袋可能會在二十幾歲的某一刻，變得有些異常。我的腦側室會變大，腦中的灰質逐漸減少，腦細胞之間的連結不足。我依然記得自己十二到十四歲時在幹嘛，我那時很喜歡看漫畫，找了幾個男生分配好每個人買不同的期刊，確保不會重複，就可以交換著看，只需要花買一本的錢。到了現在，我不太能看漫畫，因為當我把漫畫書打開，不知道要從哪一格讀到哪一格。如果説，我覺得這病最大的損失，是失去看漫畫的能力，大家會以為我在説笑話吧。

所以你從小就很聰明。
應該是説很善於解決問題。我不會無中生有一些靈感性的聰明，但很會找方法讓自己得益又不佔別人便宜。不過我也有維持到現在的一些東西，像是我一直很喜歡吃水煮花生。

（哈哈哈哈哈。）很少聽見有人會特別說自己喜歡吃水煮花生。

不過喜歡的感覺是有些不同的。小時候就是單純喜歡吃，現在是喜歡想起小時候單純喜歡吃的感覺。不過水煮花生還是很好吃。

你都怎麼開始你的一天？（你今天感覺如何？）

我今天八點起床，游了五千公尺。水道一趟是五十公尺，一趟蛙式一趟自由式來來回回，有時也會試著游仰式，因為他們說那對我的腰很好，但我游不直總會一直撞到水道中間的浮標。游完後，去豆漿店買饅頭夾蛋，我會先把饅頭從邊邊啃完，然後吃掉蛋，再把最後一點饅頭吃掉。我喝了兩碗豆漿。

每天都這麼健康嗎？（有吃藥嗎？）

有。

你算是體態維持得非常好。

因為可洛拉平會讓我的身體軟趴趴的，像一大袋糖一樣。所以得把飲食和運動控制得很好才行。

你是否也抗拒過服藥？

剛開始發病時，醫生給我嘗試很多種藥，我覺得所有的副作用全都出現在我身上，有時我會一睡不醒，或是我一直都醒但全身的神經好像都被腐蝕掉，最糟的時候會一直流口水。我抗拒吃藥，我媽媽就帶著我去山上。她是個非常單純的人，相信大自然該有療癒的功能。或者，她只是不知道該怎麼做，就帶著我逃走。雖然醫生後來責怪那樣擔誤了早期的黃金治療期，導致後來情況有點失控。那段時間發生了什麼事，我已經有點說不清楚，但我那時心裡有種非常明確的感覺，是一種信任。我變成那個樣子，但當我斬釘截鐵告訴我媽我不需要吃藥時，她卻相信我。你們看來或許很蠢，我錯了，我媽也錯了，但那樣的生活裡，面對我生命的轉變，我們是最直接的承受者，我做了選擇，我媽媽也接受我做的選擇，她無助卻相信我，這個意義讓我撐過來很多日子。她不會說我知道怎麼樣對你好，我是你的母親我不會害你。那種訊息就是：我愛你，但我不相信你的能力。我其實已經沒有能力了，但她卻相信我有，這種天真回想起來總有點難過，但這份信心，對我非常重要。

你會怎麼形容你和母親的關係？

我們的關係很親。畢竟我們一直都相依為命。不過……醫生說當我情況

穩固後,得盡可能跟我媽保持距離。因為有一種「感應性精神病」的狀況發生。

那是什麼?

就是我會將精神病的表現症狀,譬如妄想或幻聽傳染給她。最常發生的就像是,我們說好要在星期三和星期天見面,但我常在星期二或星期六晚上認為她已經先來過我家,見面時我就會很生氣問她為什麼要偷偷跑來,妳是不是不相信我有按時吃藥。她常常被我問到最後,會開始懷疑自己其實真的來過,因為實在太擔心就不小心路過之類的。當然,我會說出很多她來過的證據,大部分都不是真的。這雖然是很小的狀況,但我不希望越來越嚴重。我甚至覺得除了見面,最好連其他的聯絡都不要,因為實在不曉得我又會跟她說了什麼。

(她應該很難過吧?)

難過是一回事,我也覺得她應該要有自己的人生。雖然,現在好像有點晚了。所謂晚,不是說年紀太大,而是因為我的關係,她這一整輩子都沒有為自己打算過,好像已經把什麼東西都用到了一個極限。我覺得,她甚至不知道該怎麼「打算自己」。焦妄的身體會把腦中的記憶壓平再

切塊。你坐的那張坐墊會褪色，當你站起來的時候布紋上的皺摺永遠都不會消失，因為你是坐在那上面沒有在看任何東西的緣故。我白天也會開燈，因為夠亮的話，好像可以聽得比較清楚，就像你的手漂亮的話，沒有臉也沒關係，你雙手捧著一個杯子，那杯子本來是有一個把手的，但摔壞了，我們都忘了把它丟掉，然後也沒有其他杯子，就一直用，有一天我以為它本來就沒有把手，我覺得這就像現在的我。

現在的你，是怎麼面對那些聲音？

聲音是一種波動，也是一種能量。由物體震動而產生。像我這樣的人，全身上下會有太多東西在晃動，所以我聽見很多聲音就是一個結果。不過就算真空也還是會有聲音，像宇宙。而且宇宙各處的聲音都不一樣。木星的聲音就像你對著一個很完整的頭骨吹氣，那些氣會從眼睛鼻子嘴巴的洞裡碰撞流瀉出來，然後你仔細聽，就會像音階一樣高高低低。海王星的聲音像你把米潑到白千層的樹幹上，聽那米沿著樹皮隨引力滾下來的聲音。

（只有很短很短的聲音？）

是。你可以錄下來，然後截取那短短的聲音，把它們全部串聯起來，要

多長就有多長。或是你可以把樹皮撕下來鋪在地上，然後把米撒上去，用手搓啊搓，很輕很輕。但天王星環的聲音就不奇怪，像頻率較高，很一致的弦音。我常常一邊刻東西，一邊聽著這些聲音。很奇怪，我聽這些聲音的時候，就不會聽見其他跟我說話的聲音。但總不可能永遠都放著這些聲音跟著我吧。

是說這些來自太空的聲音也可以帶給你靈感嗎？

我不需要什麼靈感。我就坐在那裡，手就刻起來了。聲音已經不是最干擾我的東西。真正干擾我的，是永遠都覺得內心裡有一些什麼感覺，不是聲音，不是語言，就是感覺。在身體的某一處，無法被傳遞出來，但我卻想要把它說出來，可是我辦不到。

（我也是。）

大家都是。

這次的展覽主題是〈無法安放的〉，是否就是在傳達這樣的概念？

每個人的人生都會有段時間，你不知道自己在幹嘛，覺得沒有什麼熱血沸騰的夢想，沒有想去的地方，你就每天早上起床，心想又是一天，然

後一直到睡前，你想的不外乎是：一天終於過完了。或是：明天，又是要過一天。這是一種。另外一種也會出現在每個人的人生裡。那種你覺得日子一天一天又長又美，呆呆看著一片葉子掉在地上都會想笑。現在的我就是在同時經歷這兩種時間，每天會遇到哪一種不是我能決定的，我隨時等著答案揭曉。

我們這樣的精神病症，也總是很難被歸類。你只能歸納幾種然後統稱，給一個名字方便稱呼。我們用名稱來建造一個一個框框排在腦中，然後把看到聽到想到感受到的分門別類丟到歸屬的框框裡，但總有一些雜項，不知道該放在哪裡。有可能是人，你不知道該怎麼看待他們，有可能是情感，你不知道該定義成哪種情。有些人不知道如何安放就只好亂丟，有時還得換來換去，有些人就硬要說服自己一個答案，否則渾身不對勁。但像我們這種人的腦子，就做不到，太過脆弱立不起框框，就算有，也都是歪七扭八的。

為什麼會想選在一個廢棄的療養院裡呈現？
我在兩年前開始跟著醫生去安寧病房當志工。一開始他說需要人手，我就答應了，後來我發現，這其實是他在嘗試的一種新療程。我現在不太

會有「企圖自殺」的情況發生，但他其他的病患，若自行中斷服藥往往就會有這方面的問題。很多人都會想盡辦法中斷服藥，因為那些藥物的副作用有時真的會讓人很不舒服。我其實偶爾也會假裝忘記吃藥，想看看是不是自己能控制，人對自己有信心總是好事，但前提是不能自不量力。總之，進到安寧病房對我們是有衝擊的，我們這種人總是在對抗自己，尋找各種方式結束自己的生命靠近死亡，那些人卻已在死亡邊緣，願意付出一切想要遠離，不是很諷刺嗎？對於我們這兩種人來說，有很多東西，就是「永遠無法被安放」。可能是生命、我們自己、親人朋友對我們的愛，或是我們對別人的愛。不知道到底要死還是要活著，不知道怎樣才是最好，不知道最好是不是真的是好的。其實，永遠沒有答案，我想至少此生都不會有，不過我選擇把永遠兩個字拿掉，還是希望留下小小的縫隙，也許有那一丁點的機會可以透一些光。像我偶爾會停一次藥的那種心態。

這些雕像全是來自於安寧病房的病人嗎？

有些是像我一樣的志工。有些是醫護人員。

有沒有哪一座能特別跟我們分享的？

我的雕像都沒有名字，名稱就是完成的日期。其中一座，沒有名稱沒有
日期。是一個女人，我認識她時她已經相當虛弱，但還是堅持每天要上
一點橘紅色的唇膏。她的手沒有力氣，請我幫她塗唇膏。我一開始塗得
不太好，總是超過她的嘴唇。

（你愛她嗎？）
是一種不太一樣的感覺。我不去定義那是什麼。我不覺得自己有什麼心
跳加速手足無措頭皮發麻之類的狀態，好像是我小時候週末早上睡到自
然醒，我媽媽會輕輕掀開我的棉被，摸著我的臉直到睜開眼睛看見媽她
著我笑，就是那一刻的感覺。她最近走了，她的那座雕像還沒有完成。

（停頓）

我也不知道什麼時候會完成。

你一開始是怎麼和雕刻產生聯繫的？

（停頓）

我……的右下巴多了一塊骨頭。那是一個記號。

我想拿起一把刀把它磨掉。

就這樣開始了。

暫時無法安放的

南方家園出版	Homeward Publishing
書系	再現 Reappearance
書號	HR029

作　　者	鄧九雲
責任編輯	鄭又瑜
企劃編輯	張羽甄
美術設計	劉克韋　coweiliu@gmail.com
發 行 人	劉子華
出 版 者	南方家園文化事業有限公司

南方家園文化事業有限公司　NANFAN CHIAYUAN CO. LTD
地址　台北市松山區八德路三段 12 巷 66 弄 22 號
電話　(02) 25705215-6
24 小時傳真服務　(02) 25705217
劃撥帳號　50009398
戶名　南方家園文化事業有限公司
讀者服務信箱 E-mail　nanfan.chiayuan@gmail.com

總經銷　聯合發行股份有限公司
電　話　(02)29178022
傳　真　(02)29156275

印刷	高誼印刷有限公司
初版一刷	2016 年 06 月
定價	360 元
ISBN	978-986-92557-3-8

國家圖書館出版品預行編目 (CIP) 資料 | 暫時無法安放的 / 鄧九雲著．— 初版．—臺北市：南方家園文化, 2016.06 | 面；　公分．
— (再現；HR029) | ISBN 978-986-92557-3-8(平裝) | 857.63 | 105007386